Das verfluchte
Vollmondschloss

SAMandLEE

© 2025 – all rights reserved
Ideen haben Rechte! Das Werk ist einschließlich aller seiner Teile urheberrechtlich geschützt.
Jede urheberrechtswidrige Verwertung ist unzulässig.
Alle Rechte sind vorbehalten, insbesondere die Rechte der gesamten Reproduktion/des
Nachdrucks sowie der Verbreitung und Übersetzung.
Kein Teil des Werkes darf in irgendeiner Form (weder durch Fotokopie, digitale Verfahren
sowie PC-Dokumentation) ohne schriftliche Genehmigung des Autors bzw. des Verlages
reproduziert oder in Datenverarbeitungsanlagen sowie im Internet gespeichert werden.

Text: A. Voß und J. Othold
Lektorat: Franziska Hartmann
Covergestaltung: Verlagshaus Schlosser
Umschlagabbildung: AdobeStock
Satz und Layout: Verlagshaus Schlosser
ISBN 978-3-7581-0111-3

Druck: Verlagsgruppe Verlagshaus Schlosser • Inhaber Florian Ebering
Geltinger Straße 21 • D-85652 Pliening
verleger@verlagshaus-schlosser.de • www.schlosser-verlagshaus.de

Printed in Germany

Wir schreiben das Jahr 2200 auf der Erde. In einer Stadt in Nordrhein-Westfalen lebten zwei Millionenerbinnen in einem eleganten Apartment. Die Jüngere, Nadya Langenberg, trug ihr dunkelbraunes Haar meist zu einem Pferdeschwanz gebunden. Ihre ältere Schwester Kate Langenberg ließ ihr blondes, schulterlanges Haar meistens offen.

Es war fünf Tage vor Halloween, als die Geschwister einen Spaziergang durch den Wald machten, der sich in der Nähe ihres Apartments befand. Rote und gelbe Blätter fielen von den Bäumen, während in der Ferne das leise Rauschen des Sees im Wind zu hören war. Der Wald roch nach feuchtem Moos, und in den Baumkronen sprangen Eichhörnchen von Ast zu Ast.

Plötzlich fiel eine erschöpfte Taube in Nadyas Arme. Kate bemerkte, dass die Taube an ihrem rechten Bein ein Stück Papier befestigt hatte. Die beiden wunderten sich, denn der Kopf der Taube war weiß, während ihr Körper in einem tiefen Blutrot leuchtete. Nadya vermutete, dass das Tier verletzt sein könnte, konnte jedoch keine Wunde entdecken.

In diesem Moment nahm Kate den Zettel und las ihn sich durch. Darauf stand:
Bitte kommt mich besuchen, denn es ist wichtig..... Auf der Rückseite stand eine Adresse.
Sie bemerkten, dass der Brief mit Blut geschrieben war. Er roch nach geronnenem Blut, und die Schrift war leicht verwischt. Nadya blickte ihre Schwester an und fragte: »Kate, warum bist du so blass?«

Minuten der Stille vergingen, in denen nur das Zischen des Windes in den Bäumen zu hören war. Schließlich reichte Kate ihr den Brief, ihre Hände zitterten leicht, und sie fragte:
»Was hältst du davon?«

Nadya fragte verwirrt:

»Ist das Menschenblut oder Tierblut?«

»Ich würde sagen, dass es Menschenblut ist!«, erwiderte Kate mit geschockter Stimme. Urplötzlich flog die Taube in Richtung Süden davon. Die Schwestern schauten ihr für einen kurzen Augenblick hinterher. Dann durchbrach Nadya die Stille und fragte zögernd:

»Sollen wir da jetzt hingehen oder nicht?«

»Aber wie sollen wir überhaupt dorthin kommen?«, erwiderte Kate, bevor sie mit sarkastischem Unterton hinzufügte:

»Sollen wir etwa der Taube hinterherfliegen!?«

»Jepp, genau das machen wir!«, gab Nadya lachend zurück.

»Na klar, Nadya«, antwortete Kate trocken.

»Kate, bei Peter Pan hat es doch auch geklappt. Man braucht nur Glauben, Vertrauen und Feenglanz«, konterte Nadya mit einem schelmischen Lächeln.

Die Antwort war ein sanfter Stoß gegen ihre Stirn und eine spöttische Bemerkung von Kate:

»Alles klar bei dir da oben!?«

Mit gemischten Gefühlen machten sich die beiden auf den Rückweg durch den Wald. Dabei beschlossen sie, Flugtickets zu kaufen, um dem Rätsel auf den Grund zu gehen. Nach etwa fünfzig Metern hielt Nadya plötzlich inne. Ihr Smartphone vibrierte und eine E-Mail blinkte auf.

»Die Flugtickets sind reserviert!», rief sie begeistert.

»Warte mal, Kate!«

Doch Kate hörte sie nicht und lief weiter. Nadya wurde sichtlich sauer und rief laut:

»Verdammt nochmal, bleib endlich stehen!«

Kate zuckte kurz zusammen und drehte sich genervt um.

»Was willst du denn? Wir sind hier nicht alleine. Außerdem schauen die Leute schon!«

Nadya lief zu ihr, hielt ihr grinsend das Smartphone hin und meinte:

»Ich würde sagen, wir brechen zu einem neuen Abenteuer auf!«

Kate legte ihre Hand auf Nadyas Schulter und erwiderte mit einem Schmunzeln:

»Dann lass uns nach Hause gehen und unsere Koffer packen.«

Überglücklich stürmte Nadya mit einem breiten Lächeln im Gesicht nach Hause, während Kate ihr hinterherlief. Kopfschüttelnd murmelte sie:

»Typisch Nadya!«

Was beide nicht wussten: Zur gleichen Zeit, in einer anderen Stadt, packten fünf gutaussehende Jungs ihre Koffer für ihren Urlaub. Der Älteste von ihnen, Marco Rohmann, hatte braune Augen und kurzes, braunes Haar. Der zweitälteste, Timmy Reich, trug seine braunen Augen mit Selbstbewusstsein und seine schulterlangen Dreadlocks machten ihn unverkennbar. Patrick Brown, der Mittlere, afroamerikanischer Abstammung, hatte braune Augen und stylte sein Haar in Rastalocken. Jonas Stein, der Zweitjüngste, war ein blonder Junge mit kurzen Haaren und strahlend blauen Augen. Der Jüngste, Felix Sander, hatte ebenfalls blonde Haare und blaue Augen, sah jedoch durch sein kindlicheres Gesicht deutlich jünger aus. Keiner von ihnen ahnte, dass sie sich an diesen Urlaub ein Leben lang erinnern würden.

Im Ausland angekommen, mieteten die Millionenerbinnen ein Auto, um zur genauen Adresse aus dem Brief zu gelangen. Zunächst fuhren die beiden Schwestern eine Weile über die Autobahn. Nach der Abfahrt führte die Route sie immer tiefer in Richtung eines Waldes. Beide wunderten sich und Nadya überprüfte das Navigationssystem, um sicherzugehen, dass sie die richtige Adresse eingeben hatte. Doch die Route – das bestätigte das Display – war korrekt. Da Kate am Steuer saß, zuckte sie nur mit den Schultern und fuhr weiter in Richtung des Waldes. Nadya öffnete das Fenster, lehnte ihren Ellenbogen auf den Türrahmen und stützte ihren Kopf darauf. Mit einem nachdenklichen Blick sah sie aus dem Fenster hinauf in den Himmel, während die Bäume immer dichter wurden.

Nach einer Weile erreichten sie eine alte Holzbrücke, die über einen reißenden Fluss führte. Das Wasser unter ihnen rauschte mit beeindruckender Kraft. Kate hielt das Auto am Brückenanfang an und stieg aus. Wenige Augenblicke später folgte Nadya ihr.

Mit ruhiger Stimme fragte Nadya:
»Was ist los?«
»Schau dir doch mal die Brücke an. Meinst du, sie hält wirklich ein Auto aus?«
»Ich denke schon, sonst würde es ja noch einen anderen Weg geben.«

Nachdem Nadya ihren Satz beendet hatte, stiegen die beiden Millionenerbinnen wieder ins Auto. Kate verharrte einen Moment, atmete tief durch und fuhr schließlich langsam über die knarrende Holzbrücke. Nur wenige Minuten später erreichten sie ihr Ziel.

Vor ihnen thronte ein altes Schloss, schwer gezeichnet von den Spuren der Zeit. Ein verwilderter Vorgarten umgab das Anwesen, eingefasst von mehreren mit Efeu überwucherten Gartentoren. Hinter dem Zaun war der Rasen kniehoch gewachsen, und Unkraut wucherte unkontrolliert in alle Richtungen. Zwischen dem dichten Grün standen verfallene Statuen, die wie stumme Wächter über den Garten wachten.

Das Schloss selbst war imposant und düster. Unzählige Fenster säumten die schwarze Fassade, doch die trüben Scheiben deuteten darauf hin, dass sie schon lange nicht mehr gereinigt worden waren. Die Eingangstür war kein gewöhnlicher Zugang, sondern ein massives Tor. Eine Klingel suchten sie vergeblich; stattdessen hing ein schwerer Metallring zum Klopfen an einem in Stein gemeißelten Löwenkopf.

Das riesige Schloss wirkte wie ein Relikt aus einer vergangenen Ära. Auf dem Dach ragte ein einzelner Schornstein empor, und an der rechten Seite erhob sich ein großer Turm, der direkt an das Hauptgebäude grenzte. Jede Hausecke war von einer Löwenstatue auf einem Podest bewacht, als ob sie über das Schloss wachten.

Die Schwestern näherten sich dem Tor und klopften. Als niemand öffnete, tauschten sie einen kurzen Blick aus, drückten die Tür vorsichtig auf und betraten das Innere des Schlosses. Ihre Stimmen hallten durch die stillen, dunklen Gänge, als sie gemeinsam riefen:

»Hallo, ist hier jemand? Wir haben Ihren Brief gefunden.«

Doch sie bekamen keine Antwort. Nadya und Kate begannen, das Obergeschoss zu durchsuchen, während sie weiter riefen, ob jemand da sei. Nach einer Weile gaben sie die Suche oben auf und gingen wieder nach unten. Als sie die Küche erreichten, entdeckten sie einen Zettel auf der Arbeitsplatte. Darauf stand in schlichter Schrift:

Bin in Kürze wieder zurück.

Die Schwestern waren zu neugierig, um das Schloss einfach zu verlassen. Sie beschlossen, auf die Person zu warten, die den Zettel geschrieben hatte. Die Zeit vertrieben sie sich damit, einen Teil des Schlosses zu säubern, da fast alle Räume von Spinnweben durchzogen waren. Zwei Tage verbrachten sie damit, das heruntergekommene Anwesen etwas herzurichten, doch keine Menschenseele ließ sich blicken – auch der Verfasser des Zettels kehrte nicht zurück.

Es war bereits Abend, als plötzlich ein Klopfen an der Haustür ertönte. Die Schwestern befanden sich gerade im obersten Geschoss und liefen zum Fenster, um nachzusehen, wer dort sein könnte. Draußen stand ein weißer Van, geparkt direkt vor den Treppen des Eingangsbereichs.

Nadya drehte sich aufgeregt zu Kate um und sagte:

»Lass uns die Tür öffnen. Vielleicht ist es der Hausherr, der seinen Schlüssel verloren hat.«

Nach einer kurzen, hitzigen Diskussion stimmte Kate schließlich zu. Gemeinsam gingen sie die Treppe hinunter und näherten sich der großen Eingangstür. Doch gerade als Nadya ihre Hand nach dem Türgriff ausstreckte, erklang eine fremde Stimme:

»Felix, lass gut sein. Wir suchen uns eine Telefonzelle, um Sven anzurufen.«

Felix blickte in ein Fenster, das sich neben der Eingangstüre befand.

»Müssen wir wirklich durch den Regen laufen?«, jammerte er.

Jonas lachte und rief:

»Stell dich nicht so an. Einer von uns muss sowieso im Van bleiben, wegen Timmy und Patrick – die beiden schlafen noch tief und fest.«

Felix wollte gerade eine spitze Bemerkung zurückgeben, als plötzlich die Tür des Schlosses aufging. Eine sanfte Stimme lud die Jungs ein, hereinzukommen.

Erleichtert und voller Freude, dass sie nicht die Nacht im Van verbringen mussten, trat Felix als Erster ein.

Marco und Jonas versuchten inzwischen Timmy und Patrick zu wecken. Drinnen zeigte Nadya Felix sein Zimmer sowie die Räume, die für die anderen vorgesehen waren. Währenddessen stellten sie sich einander vor.

Zurück im Van:

Patrick und Timmy murmelten ein verschlafenes „Ja, ja" als Antwort auf den Weckversuch, drehten sich aber prompt wieder zur Seite und schliefen weiter.

Marco blickte Jonas an und fragte genervt:

»Und jetzt? Was machen wir mit denen?«

Jonas grinse:

»Ich würde sagen, da hilft nur eins: Ein Eimer mit eiskaltem Wasser.«

Bevor sie ihren Plan ausführen konnten, erklang plötzlich eine fremde, aber freundliche Stimme:

»Jungs!?«

Erschrocken drehten Marco und Jonas sich um, ihre Augen weit geöffnet. Dort stand Kate, lächelnd mit einem Eimer in der Hand

»Wollt ihr jetzt einen Eimer mit Wasser oder nicht?«

Jonas und Marco brachen in schallendes Gelächter aus und sagten im Chor:

»Ja, nur her damit!«

Kate ließ sich nicht zweimal bitten. Sie stieg lächelnd in den Van und schüttete den kalten Inhalt des Eimers über die beiden Schlafenden.

Timmy und Patrick sprangen mit einem lauten Schrei auf:

»Was soll das, Marco?«, riefen sie entsetzt, während sie sich das kalte Wasser aus den Haaren schüttelten.

Kate gab als Antwort:

»Ich bin nicht Marco. Aber es hat geholfen, ihr seid wach.«

Marco und Jonas konnten sich vor Lachen kaum noch auf den Beinen halten und mussten sich erstmal wieder einkriegen.

Als Jonas sich wieder gefangen hatte, fragte er:

»Wer bist du?«

»Ich heiße Kate! Und du?«

»Ich bin Jonas! Die beiden im Van sind Timmy und Patrick. Der Typ neben mir ist...«

»Mein Name ist Marco!«, unterbrach Marco Jonas und fragte neugierig:

»Und wer ist die Kleine, die mit Felix weggegangen ist?«

»Das ist Nadya, meine jüngere Schwester. Es freut mich, euch kennenzulernen.« Kate streckte Marco die Hand entgegen, und Marco ergriff sie fest.

»Ich bin Patrick!«, meldete sich Patrick mit müder Stimme, noch sichtlich vom Schlaf benommen.

Aus dem Fenster im oberen Stockwerk rief Felix, seine Stimme tönte durch das Haus:

»Wollt ihr nicht endlich reinkommen? Wie unhöflich von euch. Und noch etwas: Wir werden unseren Urlaub hier verbringen. Also bringt unsere Sachen rein.«

Mit einem lauten Klatschen in die Hände fügte Felix hinzu

»Los, los!«

Jonas verschränkte die Arme, sah Felix missmutig an und sagte:

»Beweg deinen Hintern selbst nach unten und hol dein Gepäck!«

»Tut mir echt leid, Jonas, aber mein Gesäß bewegt sich in die Küche, damit wir gleich etwas Warmes zu essen bekommen.«

»Oh....Nö, Felix muss das wirklich sein, dass du uns bekochst?«, gab Patrick mit entsetzter Stimme zurück.

»Das habe ich jetzt auch verstanden. Wenn es dich beruhigt, Patrick, ich koche nicht alleine. Die andere Hausherrin, Nadya, hilft mir dabei«, antwortete Felix beleidigt.

Schließlich war das Gepäck der Jungs nach und nach in ihren jeweiligen Zimmern auf der ersten Etage verstaut. Der Speisesaal lag direkt rechts neben der Küche, und der Duft von frisch zubereitetem Essen begann sich langsam im ganzen Schloss zu verbreiten.

Um ca. 21 Uhr begannen die Jungs und die Schwestern, sich am Tisch zu versammeln und das Essen zu genießen. Doch Patrick konnte sich nicht zurückhalten und warf einen spitzen Kommentar in die Runde:

»Hey, Felix, mmh..., das Essen schmeckt für deine Verhältnisse ja richtig lecker.«

Bevor Felix etwas erwidern konnte, legte Jonas nach:

»Komm schon, Patrick, Felix kann nicht wirklich gut kochen. Wahrscheinlich war Nadya am Werk, und er stand nur daneben.«

»Ach ja, wie konnte ich das nur vergessen?«, sagte Patrick lachend. Nach diesem Satz brachen Jonas und Timmy in schallendes Gelächter aus. Nadya versuchte verzweifelt, Felix zu verteidigen, doch ihre Worte hatten keinen Erfolg. Die Drei machten sich weiterhin über Felix' Kochkünste lustig, was ihm sichtlich unangenehm war.

Kate und Marco beobachteten die Szene schweigend, während Felix immer stiller wurde. Schließlich stand er auf, verließ den Speisesaal und streifte beleidigt durch das Schloss.

»Das werden Timmy, Patrick und ganz besonders Jonas bereuen«, murmelte er leise vor sich hin.

Währenddessen schlug Marco im Speisesaal wütend auf den Tisch und fragte entsetzt:

»Könnt ihr mir mal erklären, was das mit Felix sollte?«

»Gar nichts! Meine Mom hat immer zu mir gesagt, dass ich ehrlich sein soll. Was kann ich dafür, dass Felix es falsch aufnimmt? Er veräppelt uns doch auch ständig. Nicht wahr, Timmy, Jonas?«, gab Patrick zurück.

»Ich sehe es genauso wie Patrick. Sonst versteht er auch eine ganze Menge Spaß.«, stimmte Timmy zu und ergänzte:

»Oder etwa nicht, Jonas?«

»Nun ja, ich weiß nicht. Ihr habt zwar Recht, dass Felix eine ganze Menge Spaß versteht. Aber er sah ziemlich sauer und zugleich auch traurig aus. Sind wir da nicht ein bisschen zu weit gegangen, Jungs?«, meinte Jonas und war in Gedanken bei Felix.

»Jonas hat vollkommen Recht. Ihr solltet euch bei Felix entschuldigen.«, sagte Marco mit seiner wie üblich ruhigen Stimme. Auch Nadya und Kate nickten zustimmend, und gemeinsam machten sie sich auf die Suche nach Felix.

Drei Stunden später gab es immer noch keine Spur von ihm. Jonas fand sich in einem Raum voller Spiegel wieder und rief nach Felix. Doch der Raum blieb still. Inzwischen hatten sich die anderen im Tanzsaal versammelt. Plötzlich ertönte ein lautes Geräusch aus dem ersten Obergeschoss, und alle stürmten die Treppe hinauf. Im selben Moment rief Jonas nach Marco. Nadya murmelte: »Es muss aus dem Spiegelzimmer kommen.«

Marco trat die Zimmertür auf, und vor ihnen stand eine maskierte, mysteriöse Gestalt, die sich direkt vor Jonas positioniert hatte. Alle blieben für einen kurzen Moment wie erstarrt stehen. Die maskierte Person hob eine Axt, bereit zuzuschlagen, als Marco blitzschnell reagierte, den Arm mit der Axt ergriff und sie festhielt. Gleichzeitig verpasste Patrick der mysteriösen Person einen kräftigen Bauchhieb.

Schweigend sank die maskierte Gestalt zu Boden und sagte mit einem schiefen Lächeln:

»Ihr seid mir ja echte Freunde. Erstmal beleidigt ihr mich und dann haut ihr mich nieder.«

Alle riefen im Chor:

»FELIX, DU?«

Felix nahm langsam die Maske und das Cape ab und sagte:

»Wer denn sonst? Ich war selbst geschockt, dass die Axt echt war. Ich wollte Jonas nicht umbringen, ich wollte ihm doch nur Angst einjagen. Schließlich ist ja heute Halloween. Außerdem wusste ich ganz genau, dass Jonas gute Reflexe hat.«

Kate schüttelte den Kopf und unterbrach Felix:

»Woher hast du das verrückte Kostüm?«

»Fand ich oben auf dem Dachboden.«, gab Felix als Antwort und entschuldigte sich bei Jonas. Kurz darauf entschuldigten sich auch Jonas, Patrick und Timmy: »Es war vorhin nicht so gemeint. Du kannst wirklich gut kochen«, sagte Jonas, während Timmy und Patrick nickten.

Jonas fügte noch hinzu:

»Jetzt sind wir quitt, Felix, oder?«

»Jepp, jetzt sind wir quitt.«, bestätigte Felix und schaute Marco an:

»Darf ich das Kostüm behalten?«

Marco zuckte mit den Schultern:

»Das kann ich doch nicht einfach entscheiden. Da musst du schon die beiden Mädels fragen. Sie sind schließlich die Hausherrinnen.«

Kaum hatte Marco seinen Satz beendet, brachen Nadya und Kate in schallendes Gelächter aus. Die Jungs starrten sie verwirrt an und verstanden nicht, was gerade geschah. Nachdem sich alle vom Schreck mit Felix erholt hatten und das Lachen der beiden Mädchen langsam verklungen war, erklärten Nadya und Kate den verblüfften Jungs, dass sie keineswegs die Hausherrinnen des Schlosses seien.

Ein Moment der Stille folgte, bevor alle schließlich, wenn auch etwas verwirrt, ins Bett gingen. Die Ereignisse des Abends hatten ihren Tribut gefordert, und so endete der Tag in einer Mischung aus Erleichterung und Gelächter.

Um drei Uhr nachts:
Jonas wälzte sich unruhig im Bett, sein Herz raste. Nach einer Weile öffnete er plötzlich die Augen. Vor ihm stand eine maskierte Gestalt, die sich bedrohlich über ihn beugte. Jonas erkannte sie sofort aus dem Spiegelzimmer. Die mysteriöse Gestalt hob die rechte Hand, in der sie eine Axt hielt, und versuchte, ihr einen tödlichen Schlag zu versetzen. Die Axt hatte einen Griff mit einem Durchmesser von etwa fünfzehn Zentimetern, die Klinge war an einigen Stellen mit Rostflecken bedeckt. Doch Jonas wich im letzten Moment aus und rief ruhig:
»Lass gut sein, Felix. Ich falle nicht zweimal auf denselben Trick herein.«
Doch plötzlich funkelten die Augen der maskierten Gestalt in einem unheimlichen, blutroten Licht. In diesem Moment wusste Jonas, dass es nicht Felix sein konnte. Ein kaltes Gefühl der Angst überkam ihn, als die mysteriöse Gestalt die Axt wild hin und her schwang. Dann hob sie die Waffe erneut und versuchte, Jonas zu treffen. Zum Glück blieb die Axt in der Wand stecken. Jonas ergriff die Chance und rannte los, doch die Zimmertür war verschlossen. Verzweifelt rief er um Hilfe.

Im gleichen Moment zog die maskierte Gestalt die Axt mit einer Hand aus der Wand und stürzte sich erneut auf Jonas. Vom lauten Geschrei geweckt, stürmten die anderen in Jonas' Zimmer und versuchten verzweifelt, die Tür zu öffnen. Dieses Mal war es nicht Marco, der die Tür eintrat, sondern Felix. Zusammen mit Kate schrien sie gleichzeitig:
»JONAS, VORSICHT!«
Für einen Moment hielt die mysteriöse Gestalt inne, überrascht von dem plötzlichen Schrei. Dann verschwand sie, wie von Geisterhand,

im silbernen Mondlicht. Völlig aufgelöst sank Jonas erschöpft auf den Boden, zitternd vor Angst. Marco kniete sich zu ihm und versuchte, ihn zu beruhigen:

»Es wird alles gut, Jonas. Keine Sorge.«

Jonas konnte nur schwach nicken, während er versuchte, seine Fassung wiederzuerlangen.

»Wir sollten hier schleunigst aus dem Schloss raus«, sagte Kate bestimmt und half Jonas auf die Beine. Kurz darauf stürmten sie alle aus dem Zimmer und rannten in Richtung der Autos. Doch als die beiden Schwestern um die Ecke kamen, wo ihr Leihwagen parkte, erstarrten sie. Alle vier Reifen waren aufgeschlitzt. Als sie zum Van der Jungs liefen, entdeckten sie das gleiche Szenario: Auch bei den Jungs waren alle Reifen zerstochen. Nadya und Kate drehten sich erschrocken um und liefen zum Van zurück, wo die fünf Jungs standen. Patrick stammelte fassungslos:

»Wie sollen wir jetzt nach Hause kommen?«

»Also wurden bei euch auch alle Reifen aufgeschlitzt?«, fragte Kate mit einer Mischung aus Bestimmtheit und Sorge.

»Ja, leider! Somit bleibt uns nichts anderes übrig, als die Nacht im Schloss zu verbringen. Morgen früh schauen wir weiter. Am besten wäre es, wenn wir uns alle in einem Zimmer aufhalten«, schlug Marco vor. Die Sieben stimmten überein, sich in Marcos Zimmer gemeinsam aufzuhalten.

Nach einigen Minuten gingen sie in Marcos Zimmer. Er und Jonas setzten sich auf das Bett. Jonas schlief langsam ein. Nachdem ein paar weitere Diskussionen geführt wurden, sagte Marco zu den anderen fünf:

»Ihr könnt euch jetzt wieder hinlegen. Holt euer Bettzeug. Wir werden uns später weiter unterhalten und das machen, was wir besprochen hatten.«

»Soll ich dir eine zweite Decke mitbringen, Marco?«, fragte Nadya.

»Ja, das wäre sehr lieb von dir. Danke!«, bekam Nadya als Antwort. Nachdem Nadya Marco die Decke gebracht hatte, ging sie zurück in ihr Zimmer, um ihr eigenes Bettzeug zu holen. Auf dem Weg hörte sie ein merkwürdiges Geräusch, das vom Dachboden zu kommen schien. Zögernd blieb sie stehen und lauschte, aber dann entschloss sie sich, nicht weiter nachzusehen. Sie wollte nicht, dass Marco und die anderen sich noch mehr Sorgen machten.

Als sie wieder in Marcos Zimmer war und sich neben Kate legte, flüsterte sie leise, um die anderen nicht zu beunruhigen:

»Kate, als ich gerade meine Sachen holen wollte, hörte ich ein merkwürdiges Geräusch. Es klang, als käme es vom Dachboden.«

»Bist du dir da sicher?«, fragte Kate flüsternd.

»Würdest du mit mir auf den Dachboden gehen?«

Kate antwortete mit einer Gegenfrage:

»Hast du Angst, alleine zu gehen?«

»Nein, habe ich nicht. Ich dachte nur, dass du vielleicht auch Lust hast, auf Geistersuche zu gehen.«

»Na klar habe ich auch Lust. Ich werde auch mitkommen. Was mich aber etwas stutzig macht, ist, dass wir hier nun schon seit drei Tagen übernachten und noch keine Menschenseele gesehen haben. Weder in der Umgebung noch hier im Schloss. Erst nachdem die fünf Jungs aufgetaucht sind, bekamen wir Besuch von einer maskierten Gestalt. Also, wer oder was hat Jonas heute angegriffen?«

»Hmm…! Keine Ahnung, wer oder was es war. Aber es könnte sein, dass wir eventuell irgendwas auf dem Dachboden finden, was uns weiterhelfen könnte.«

»Ja, also gut, lass uns gehen. Aber lass uns zuerst schauen, ob die anderen schon schlafen, damit sie nichts davon mitbekommen«, schlug Kate vor.

Sie schlichen vorsichtig durch das Zimmer, um zu überprüfen, ob alle bereits eingeschlafen waren. Kate und Nadya liefen leise zur Zimmertür. Nadya flüsterte:

»Gott sei Dank, alle Jungs schlafen noch.« und schloss leise die Tür hinter sich. Etwa eine halbe Stunde später kehrten sie von ihrem Ausflug zum Dachboden zurück. In Marcos Zimmer legten sich die Geschwister genau an ihren Plätzen zurück. Sie waren zwar ein wenig enttäuscht, da sie nichts auf dem Dachboden gefunden hatten, was ihnen weiterhelfen konnte, aber sie behielten ihre Enttäuschung für sich.

Um acht Uhr morgens war Felix der Erste, der durch das Obergeschoss lief, um die anderen zu wecken. Trotz der Ereignisse der letzten Nacht war er erstaunlich gut gelaunt. Nach etwa einer halben Stunde war auch der letzte von ihnen, Patrick, im Speisesaal angekommen. Natürlich konnte auch er es nicht lassen, am Frühstückstisch einen seiner Scherze zu machen. Die anderen, außer Jonas, nahmen es mit Humor, da heute Felix' Lieblingstag war. Es war der 31. Oktober 2200 – Halloween.

Es vergingen etwa zwei Stunden, bis alle sieben sich fertig gemacht und ihr Frühstück beendet hatten. Danach teilten sie sich in drei Teams auf, um das Schloss und die Umgebung gründlich zu durchsuchen. Die Teams wurden wie folgt eingeteilt: Timmy, Patrick und Marco sollten den Wald und den Friedhof hinter dem Schloss absuchen. Felix und Nadya suchten die Umgebung sowie den Wald vor dem Schloss ab. Jonas und Kate machten sich daran, im Schloss nach Hinweisen zu suchen.

Nachdem sie eine Weile unterwegs waren, liefen Felix und Nadya an einem dichten Gebüsch vorbei, als plötzlich eine Stimme rief:
»Wartet mal.«
Nadya drehte sich um und fragte:
»Wer ist da?«
Die Person sagte:
»Ich bin es, Jonas!«
»Was machst du hier und wo ist Kate?«, fragte Felix verwirrt.
»Felix, ich wollte euch warnen. Kate und ich haben gehört, dass ihr hier in Gefahr seid, wenn ihr bleibt. Sie meinte, es wäre besser, wenn ich zu euch komme, um es euch zu sagen. Sie wartet im Schloss.«

Kaum hatte Jonas den Satz beendet, rannte er plötzlich los, als hätte ihn etwas gepackt. Nadya und Felix versuchten, ihm hinterher zu kommen, doch sie verloren ihn schnell aus den Augen. Beide waren von einer tiefen Sorge ergriffen. Felix spürte, dass etwas an Jonas' Verhalten nicht stimmte. Gleichzeitig fragte er sich, woher Jonas wusste, dass sie in Gefahr waren.

Nadya bemerkte Felix' besorgten Blick und spürte, dass ihn etwas beschäftigte. Doch sie entschloss sich, ihn nicht darauf anzusprechen. Schließlich wusste sie nicht, wie er darauf reagieren würde. Felix starrte nachdenklich vor sich hin, ohne ein Wort zu sagen. Die beiden liefen weiter, immer wieder, um sich umzuschauen, in der Hoffnung, Jonas oder irgendeine Spur zu entdecken. Doch die Wälder um sie herum blieben still und leer.

Als die Nacht hereinbrach und es anfing zu regnen, kehrten alle erschöpft ins Schloss zurück. Niemand hatte irgendeine Spur oder einen Hinweis gefunden. Es schien, als wäre alles nur ein böser Traum gewesen. Die Sieben standen schweigend im Raum, jeder in Gedanken versunken. Kein Wort wurde gesagt, während der Regen gegen die Fenster prasselte und der Wind die Fensterläden klappern ließ.

Plötzlich öffnete sich die Haustür von selbst, da sie wohl nicht richtig verschlossen war. Alle zuckten vor Schreck zusammen. Marco ging zur Tür und schloss sie wieder.

Beim Abendessen herrschte eine seltsame Stille. Felix wunderte sich, dass weder Jonas noch Kate etwas zu dem Vorfall sagten. Nadya beobachtete Felix, tippte ihn leicht an und fragte ihn leise, was ihn beschäftigte. Felix beugte sich zu ihr und flüsterte:
»Ist dir aufgefallen, wie still es hier ist? Alle essen so ruhig. Und was Jonas vorhin gesagt hat, geht mir nicht mehr aus dem Kopf. Irgendet-

was stimmt hier nicht. Vielleicht bilde ich es mir nur ein, aber ich habe das Gefühl, dass etwas faul ist.«

Nadya nickte und flüsterte zurück:

»Ja, hier scheint wirklich was nicht zu stimmen. Aber es könnte ja sein, dass Jonas, als er uns verlassen hat, zu den anderen gegangen ist und ihnen das Gleiche erzählt hat. Marco will vielleicht einfach nicht, dass wir jetzt alle in Panik geraten«, versuchte sie Felix zu beruhigen.

Als Patrick Marcos Namen hörte, fragte er lachend die beiden Kleinsten:

»Lästert ihr etwa über uns!?«

»Hä...Nichts...Nichts!«, gaben Nadya und Felix stammelnd zurück.

Die anderen schauten die beiden nun mit verschränkten Armen an. Da meinte Timmy neckend:

»Oder verheimlicht ihr uns was?«

»Nein, tun wir nicht!«, antwortete Felix schnell, doch während er sprach, bemerkte plötzlich jeder das grelle Licht, das durch das Fenster in den Raum schien. Jonas sprang auf und rief:

»Es brennt dort hinten!«

»Hey Leute, da ist die Brücke, die zum Schloss führt«,

sagte Nadya, als sie das Feuer entdeckte.

Sobald sie das gesagt hatte, sprangen Marco, Timmy, Patrick, Jonas, Kate und Felix sofort auf. Während alle in Richtung des Eingangs liefen, rief Marco mit etwas erhöhter Stimme:

»Los Leute, wenn das wirklich die Brücke ist, müssen wir so schnell wie möglich dort hin. Timmy, nimm den Feuerlöscher aus dem Van mit.«

Als sie an der Brücke ankamen, stand sie bereits lichterloh in Flammen. Die Sieben stürzten sich sofort in den Kampf gegen das Feuer. Timmy richtete den Feuerlöscher auf die Flammen, doch vergeblich – das Feuer ließ sich nicht bändigen. Marco entdeckte einige Meter zu seiner rechten Seite eine

»Schaut nach, ob der Brunnen noch Wasser hat, und bringt es hierher!«
Kate sprintete zurück ins Schloss, um drei Eimer zu holen. Mit den Eimern kehrte sie zum Brunnen zurück, und die vier versuchten erneut, das Feuer zu löschen – doch wiederum erfolglos.
Kurz darauf krachte die Brücke unter den Flammen zusammen und stürzte in den Fluss. Der Weg zurück war abgeschnitten. Schweren Herzens machten sich die Sieben auf den Rückweg ins Schloss.

Als sie im Schloss ankamen, hörte Patrick plötzlich ein merkwürdiges Geräusch, das aus Richtung Marcos Zimmer kam. Kate schlug vor, dass sie alle zusammen nachsehen sollten. Und kurz darauf machten sich die Sieben auf den Weg dorthin.

Als sie das Zimmer erreichten, bemerkte Jonas, dass Nadya und Felix plötzlich verschwunden waren. Marco reagierte sofort und schlug vor, dass sie sich aufteilen sollten, um nach den beiden zu suchen. Alle stimmten zu, warfen sich einen Blick zu und nickten.

Dieses Mal machten sich Patrick und Jonas auf die Suche nach den beiden Jüngsten, während Timmy, Marco und Kate in einem zweiten Suchtrupp loszogen.

Zur gleichen Zeit fanden sich Nadya und Felix in einem dunklen Gang wieder. Sie tasteten sich vorsichtig vorwärts. Nadya streckte ihre linke Hand aus und berührte eine Wand, die sich ungewöhnlich anfühlte – fast wie eine Raufasertapete mit einem 3D-Muster.

Mit etwas verwirrtem Blick und gleichzeitig fragend, riefen die beiden im Chor:
»Ist hier noch jemand?«
Nadya fragte:
»Felix, bist du das?«

»Ja, Nadya, aber wo sind wir hier?«

»Ich habe keine Ahnung, es ist hier zu dunkel, um etwas zu sehen oder zu erkennen. Hast du ein Feuerzeug oder etwas in der Art dabei?«

»Ja, meine Mini-Taschenlampe! Warum fragst du?«

Mit genervter zickiger Stimme erwiderte Nadya:

»Was für eine dämliche Frage, Felix. Um hier eventuell was zu sehen!? Schon mal daran gedacht?«

Ebenfalls mit genervter Stimme erwiderte Felix:

»Ist mir schon klar, Nadya. Dasselbe wollte ich gerade auch sagen.«

Zeitgleich schaltete Felix seine Taschenlampe an. Nadya schaute ihn mit großen Augen an und fragte:

»Habe ich was Falsches gesagt? Oder warum bist du so zickig?«

Immer noch leicht genervt, antwortete Felix:

»Nein, bin ich nicht!«

Nadya konterte lachend und mit angehobenem rechtem Zeigefinger:

»Und wie genervt du bist.«

»NEIN, bin ich nicht. Lass mich jetzt in Ruhe damit.«

»Tzz ... lächerlich, Felix. Dein Verhalten ähnelt dem eines Kleinkindes.«

»Gar nicht wahr. Und du erinnerst mich an eine neunmalkluge Tussi.«

»Wenn du meinst, Felix, dass ich eine Tussi bin. Bitteschön. Hoffentlich weißt du auch, was eine Tussi kann!?«

»Nee, was denn, Nadya?«

Nadya starrte Felix verblüfft wegen seiner dämlichen Frage an und verdrehte dann genervt die Augen. Mit einem arroganten Lächeln sagte sie:

»Tzz ... Dann geh doch alleine weiter.«

Sie öffnete ihren Pferdeschwanz, schwang die rechte Hand in die Luft und rief abschließend:

»Bye!« Während sie sich umdrehte und weiterging, strichen ihre Haarspitzen sanft über Felix' linke Wange. Er berührte unbewusst die

Stelle, wo ihre Haare ihn gerade berührt hatten, und starrte ihr, immer noch verdutzt, nach. In seinem Kopf schwirrte nur ein Gedanke:

»Oh mein Gott, was für eine Zicke.«

Noch in Gedanken, fiel ihm die Taschenlampe aus der Hand. Er bückte sich schnell, um sie aufzuheben. Als er wieder aufstand, war Nadya kaum noch zu sehen. In Eile lief er ihr hinterher und rief:

»Halt, warte doch bitte. Es tut mir leid. Das mit der Tussi war nicht so gemeint, wie es sich angehört hat.«

Gerade als Felix sich Nadya näherte, blieb sie plötzlich stehen. Ohne Vorwarnung prallte er gegen sie.

»Autsch, Nadya!«, stieß Felix hervor, während er sich an seine Stirn fasste:

»Was soll das? Hättest du mich nicht vorher warnen können?!«

Felix starrte sie an und bemerkte, dass sie ihren Kopf gesenkt hatte und keinen Ton von sich gab. Ein leises Unbehagen machte sich in ihm breit, aber er traute sich nicht, mehr zu sagen. Plötzlich schoss Nadya ein freches Lächeln ins Gesicht, sie hob den Kopf und drehte sich mit einem verschmitzten Grinsen zu ihm um. Sie schubste ihn spielerisch, während sie lachend meinte:

»Du solltest mal dein Gesicht sehen. Außerdem war das nur ein Scherz. Aber deine Entschuldigung nehme ich trotzdem an. Du bist süß, wenn du so geschockt schaust.«

Felix konnte sich ein schüchternes Lächeln nicht verkneifen und lachte schließlich mit. Ihre Fröhlichkeit war ansteckend, und für einen Moment vergaß er alles um sich herum.

Lachend setzten die beiden ihren Weg fort, der Streit schien wie weggeblasen.

Zur gleichen Zeit bei den anderen fünf:

Jonas und Patrick liefen über den Friedhof, um nach den beiden

Jüngsten zu suchen. Die drei Ältesten – Kate, Timmy und Marco – gingen durch das Schloss. Timmy machte sich große Sorgen um Nadya und Felix, da sie die Jüngsten waren. Kate legte ihre rechte Hand auf Timmys linke Schulter und meinte:

»Sobald Nadya Hunger bekommt, kommen beide schon wieder.«

»Kommen beide schon wieder? Wer sagt, dass Felix bei ihr ist? Hä, wer, Kate?«, unterbrach Timmy laut und trat einen Schritt vorwärts, sodass sie ihre Hand von seiner Schulter nahm.

»Glaube mir, Timmy, die beiden sind irgendwo hier und sicher zusammen an einem Ort. Bevor du mich wieder unterbrichst und fragst, wie ich mir da so sicher sein kann: Ganz einfach, meine innere Stimme sagt mir das. Und auf die konnte ich mich immer verlassen.«

»Auf jeden Fall hat Kate in einem Punkt Recht. Wir werden die beiden Nervensägen schon finden. Also, Kopf hoch, Timmy!«, fügte Marco mit ruhiger Stimme hinzu.

Um 22.15 Uhr waren Nadya und Felix immer noch nicht aufzufinden. Marco stellte Kate in einer altklugen Stimmlage eine ziemlich unnötige Frage:

»Müsste Nadya nicht so langsam Hunger bekommen, Kate?«

Kate schaute Marco nur verblüfft an und schüttelte ihren Kopf. Sie wollte gerade etwas sagen, als Timmy aus dem Badezimmer rief:

»Felix müsste doch auch langsam Hunger bekommen. Ich kann mir nicht vorstellen, dass er irgendwo hier was isst. Das letzte Mal hat er heute Morgen was Richtiges gegessen, da er das Abendessen nicht wirklich angerührt hat. Ich meine auch, Nadya hat nicht wirklich etwas zu Abend gegessen.«

»Stimmt genau, Timmy!« Marco konnte nur knapp seinen Satz zu Ende sprechen, als Timmy plötzlich aufschrie. Kate und Marco warfen sich nur einen kurzen Blick zu, bevor sie in Richtung Badezimmer rannten, wo Timmy sich gerade aufhielt.

Kurz bevor sie die Tür zum Badezimmer erreichten, kam Timmy ihnen entsetzt entgegen. Nachdem Kate tief Luft geholt hatte, fragte sie besorgt:

»Was ist passiert?«

Auch Timmy nahm sich einen Moment, um sich zu sammeln, bevor er zu erzählen begann.

»Also ... ich wollte mir gerade Badewasser einlassen, als ...«

»Moment mal, Timmy. Du wolltest dir was einlassen?«, unterbrach ihn Kate.

»Ja, Badewasser. Zur ...«

BADEWASSER!?«, riefen Marco und Kate entsetzt im Chor und schauten zuerst sich und dann Timmy an.

»Ja, verdammt, Badewasser. Zur Beruhigung. Darf ich jetzt zu Ende reden oder unterbrecht ihr mich jetzt nach jedem zweiten Wort?«, konterte Timmy etwas genervt. »Also noch einmal. Ich wollte mir gerade Badewasser zur Beruhigung einlassen. Das mache ich immer so, um runterzukommen. Das weißt du doch, Marco. Aber das ist nicht das Problem, sondern ... Nein, ich kann es einfach nicht sagen, es ist so schrecklich.«

Marco hatte keine Geduld mehr für Timmys Spielchen und forderte ihn genervt auf:

»Entweder, du erzählst uns das Problem richtig oder du lässt es bleiben, Timmy. Wir haben was Besseres zu tun als deinen Unsinn hier.«

»Das ist kein Unsinn, Marco. Klar!?«, erwiderte Timmy mit verschränkten Armen vor der Brust.

»Wenn du meinst, dann erzähle es uns richtig und vernünftig.«

Während die beiden Jungs sich weiter stritten, ging Kate ohne Zögern in Richtung Badezimmer. Als sie dort ankam, konnte sie die Diskussion der beiden immer noch hören. Sie blickte in Richtung Badewanne, als sie plötzlich einen Schrei von sich gab, genau wie Timmy zuvor.

»AAAAAHH!!«

Marco und Timmy verstummten sofort und stürmten ins Badezimmer. Kate folgte ihnen, lief jedoch hinter Marcos Rücken und sagte mit entsetzter Stimme, während sie mit ausgestrecktem Zeigefinger auf etwas deutete:

»Da, schau mal, Marco, in die Wanne!«

Vor der Badewanne hing ein blauer Duschvorhang mit einem Motiv aus zwei Delfinen und einem Sonnenuntergang über dem Wasser. Marco beugte sich über die Wanne, und der Anblick ließ ihn sich plötzlich übergeben.

Inzwischen kehrten Patrick und Jonas ins Schloss zurück. Jonas rief nach den anderen, und Kate, die vom Obergeschoss herab rief, antwortete sofort:

»Kommt mal nach oben ins Badezimmer, wir müssen euch etwas sehr Interessantes zeigen.«

Patrick kam als erstes ins Badezimmer und stutzte, als er Marco sah, der sich übergab und dabei mit der linken Hand seinen Bauch hielt. Timmy, der die Szene beobachtete, lachte und sagte:

»Das macht er schon seit einer Viertelstunde. Nein, Quatsch, seit zwei, drei Minuten. Er hat nur in die Badewanne geschaut.«

Patrick fing laut an zu lachen:

»Sag bloß, er hat nur in die Wanne geguckt und musste sich dabei übergeben?«

»Ja, Patrick, so war es«, meinte Timmy. Kate hörte, wie Patrick sich über Marco lustig machte, und sagte daraufhin zu Patrick:

»Ich kann dich gerne neben die aufgeschlitzte Leiche legen.«

Die Leiche hatte keine Augäpfel mehr. Sie trug eine lange blaue Jeanshose, aber kein Oberteil. Ihre langen, blonden, lockigen Haare fielen wirr um den Kopf.

Patrick schluckte schwer, seine Augen weiteten sich, doch er sagte nichts mehr. Ein beklemmendes Schweigen machte sich breit. Kate,

die versuchte, die angespannte Stimmung zu lockern, konnte sich ein schiefes Grinsen nicht verkneifen und neckte Patrick:
»Oh, der große Patrick sagt ja auf einmal gar nichts mehr..Hahaha!«
»Was liegt in der Badewanne?«, fragte Jonas geschockt.
»Eine Leiche«, beantwortete Timmy seine Frage.
»Das ist jetzt aber nicht Felix oder Nadya?«, fügte Jonas immer noch geschockt hinzu. Kate tröstete Jonas mit den Worten:
»Nein!! Da brauchst du dir keine Sorgen machen. Wenn das Nadya beziehungsweise Felix wäre, würden wir hier nicht so dämlich rumstehen. Wir wissen nicht, wer die Frau in der Badewanne ist.«
»Da bin ich aber erleichtert. Aber trotzdem traurig. Sie sieht nicht gerade alt aus«, sprach Jonas wieder mit normaler Stimmlage weiter. Nachdem Marco sich wieder beruhigt und Patrick sich von seinem Schock erholt hatte, beschlossen Marco, Timmy, Patrick, Kate und Jonas, ins Verlies zu gehen, weil Timmy meinte:
»Da heute Halloween ist, überlegt sich Felix bestimmt einen Horrorstreich.«
Kate erwiderte mit lachender Stimme:
»Nadya versucht mich auch jedes Jahr an Halloween zu erschrecken.«
»Ja, Felix macht zwar Halloween-streiche, aber er würde nie drei oder vier Stunden irgendwo bleiben, ohne sich bei uns zu melden. Das macht er einfach nicht, also muss etwas passiert sein.«
»Da hat Jonas Recht. Es passt nicht zu Felix, sich nicht bei uns zu melden«, unterbrach Marco Jonas. Timmy stimmte den beiden zu. Als sie unten im Verlies ankamen, öffnete Patrick mutig die Tür zum Verlies. Jonas trat ein, während Patrick die Tür aufhielt. Doch kaum war Jonas eingetreten, wurde er von mindestens vierzig Skeletten und mehreren Leichen überrollt. Die anderen versuchten, ihn unter den Skeletten und Leichen wieder freizubekommen, als Kate bemerkte, dass die Leichen nie ganz durchgeschnitten worden waren. Einige der Leichen waren noch nicht lange tot, da sich die Leichenstarre langsam wieder löste.

»Meinst du etwa, dass hier ein Irrer rumläuft und Menschen einfach aus Spaß umbringt und sie dann nach hier unten ins Verlies bringt?«, fragte Patrick angewidert.

»Überleg doch mal, vielleicht sammelt er sie ja!«, fügte Timmy hinzu. Marco rief nach Jonas und grub weiter. Wütend und verzweifelt schrie er Timmy, Patrick und Kate an:

»Ihr sollt mir helfen, nicht doof rumstehen und labern.«

Nach etwa einer Viertelstunde hatten sie es endlich geschafft, Jonas aus dem Haufen von Skeletten und Leichen zu befreien. Er war blutüberströmt, seine Kleidung war durchzogen von dunklen Flecken. Kate brach in Tränen aus, als sie sah, dass Jonas unter einer Leiche lag, die in ihrer linken Hand ein Messer hielt. Durch ihre Schluchzer hindurch rief sie verzweifelt:

»Jonas! Du darfst nicht sterben. Die Jungs und Nadya brauchen dich doch. Und ich brauche dich auch, weil ich mich in dich verliebt habe. Wenn es möglich wäre, würde ich deinen Platz hier jetzt einnehmen. Dann würde ich hier liegen und du könntest dein Leben weiterleben. Denn ein Leben ohne dich kann ich mir einfach nicht mehr vorstellen.«

Als Marco diese Worte hörte, konnte er seine Tränen nicht länger zurückhalten und begann ebenfalls zu weinen. Kurz darauf brachen auch Timmy und Patrick in Tränen aus. Die vier waren völlig überwältigt von der Situation. Inmitten ihres Weinens öffnete Jonas langsam die Augen, noch benommen und mit verwirrter Stimme flüsterte er:

»Ich bin doch nicht tot! Also hört auf zu weinen.«

Jonas erhielt von Kate eine schallende Backpfeife. Ohne ein Wort zu sagen, verließ sie das Verlies und ging zur Tür auf der gegenüberliegenden Seite, durch die sie zuvor gekommen waren. Dort blieb sie stehen und wartete auf die anderen, während sie über die jüngsten Ereignisse im Schloss nachdachte.

Jonas hielt sich die rechte Hand an seine Wange und starrte Kate mit großen Augen hinterher. Er konnte nicht verstehen, warum sie ihm eine Backpfeife verpasst hatte. Verdutzt und verwirrt blickte er ihr nach.

»Wir haben uns alle Sorgen um dich gemacht. Und Kate, sie ... ach, vergiss es. Und du hast nichts Besseres zu tun als zu sagen „ICH BIN NICHT TOT, hört auf zu weinen"? Das war nicht in Ordnung von dir, Jonas. Ich hoffe, du denkst darüber nach«, sagte Marco wütend.

»Das ist mir nur so raus gerutscht, weil ihr alle wegen mir so süß geweint habt.«

»Das war irgendwie süß? Ich glaube es einfach nicht! Du fandest es süß? Wir haben uns Sorgen gemacht, verdammt nochmal!«, unterbrach Timmy ihn ebenfalls wütend.

»Lässt du mich auch mal ausreden, Timmy?«

»Ja, mache ich, Jonas.«

»Seid bitte nicht mehr sauer auf mich. Okay?!«

Die drei riefen im Chor:

»Ist schon gut, Jonas. Wir verzeihen dir.«

Timmy konnte es sich nicht verkneifen, mit neckender Stimme zu sagen:

»Kate wird dir bestimmt auch verzeihen!«

Marco sagte wütend:

»Könnt ihr das jetzt mal lassen?

Timmy, und zu dir sage ich nur eins: Man macht sich nicht über die Gefühle anderer lustig.«

»Das weiß ich doch, Marco. Es tut mir auch leid! Wirklich! Schau mich jetzt nicht so an.«

Timmy und Jonas schauten sich an, als Kate plötzlich los schrie. Die vier liefen sofort los. Bei der Tür zum Verlies angekommen, fragte Patrick, was los sei. Kate antwortete zickig:

»Ach nichts, ich wollte nur, dass ihr endlich zu mir kommt. Da euer Gezanke gerade ziemlich nervig war.«

»Ach, kommt, wir lassen die Zicke hier allein«, erwiderte Jonas überheblich.
»Was soll das denn heißen? Erst jagst du uns einen Schrecken ein und dann nennst du mich eine Zicke?! Du hast echt einen Vogel, Jonas. Tzz ...«, sagte sie und zeigte ihm den Vogel, indem sie mit ihrem rechten Zeigefinger gegen ihre Stirn tippte.
Jonas senkte seinen Kopf und ging zu Kate. Er sah sie an und entschuldigte sich bei ihr.

»Ist schon okay. Ich bin wohl selbst daran schuld, dass du mich eine Zicke genannt hast. Also, vergessen wir die Sache einfach.«
»Okay, lass es uns vergessen. Wir haben schließlich Besseres zu tun«, sagte Jonas und lächelte Kate freundlich an.
»Lass uns weitergehen, um nach der Kleinen und Felix zu suchen«, unterbrach Marco Jonas und Kate. Die Gruppe lief etwa fünfzig Meter, bis sie an einen Tunnel mit drei Gängen ankam. Timmy blickte fragend zu Marco:
»Und jetzt, Marco?«
Er jedoch wusste zum ersten Mal auch nicht weiter.
»Dann müssen wir uns aufteilen«, rief Patrick in die Runde. Marco erwiderte darauf:
»Stimmt. Patrick hat Recht. Uns wird nichts anderes übrigbleiben, als uns aufzuteilen. Damit wir die beiden Kleinen schneller finden. Ich schlage vor, dass ich alleine in den ersten Gang gehe, Patrick mit Jonas in den zweiten und Kate und Timmy in den dritten Gang. Ist das okay für euch?«
Marco blickte in die Runde und wartete auf eine Antwort. Ein paar Sekunden vergingen, bis Timmy als Erster sein Einverständnis gab. Kurz darauf nickten auch die anderen zustimmend.

Die fünf Freunde stellten sich in die Mitte, bildeten einen Kreis, legten ihre Arme gegenseitig auf ihre Schultern und riefen im Chor:

»Alle für einen und einer für alle!«

Nachdem sie sich gegenseitig angesehen hatten, setzten sie ihren Weg fort. Kaum waren die Gruppen in ihren jeweiligen Gängen verschwunden, verschlossen sich die Eingänge hinter ihnen. Sie konnten nun nicht mehr so einfach heraus, wie sie hereingekommen waren.

Timmy griff nach einer Fackel, die an der Wand des Gangs hing, zündete sie mit seinem Feuerzeug an und machte sich zusammen mit Kate weiter auf den Weg. Doch plötzlich hörte er ein merkwürdiges Geräusch. Kurz darauf tauchte von vorne ein Licht auf, nur um genauso schnell wieder zu verschwinden.

Im Schreck löschte Timmy die Fackel, was ihm und Kate vorerst das Leben rettete. Denn das Geräusch kam nun immer näher. Kate wollte gerade etwas sagen, als Timmy ihr schnell den Mund zuhielt. Er zog sie zu sich, drückte sie an sich und lehnte sich mit ihr an die Wand.

»Psst ... Und atme am besten nicht so schwer und so tief, Kate. Okay?«, flüsterte Timmy ihr ins Ohr. Sie konnte nur nicken. Während er ihr den Mund zuhielt, wurde das Geräusch immer lauter und ein merkwürdiger Geruch kam näher. Timmy spürte, wie die Angst langsam in ihm aufstieg. Der Geruch und das Geräusch blieben für etwa fünf Minuten, dann verstummten sie plötzlich. Timmy zog seine Hand von Kates Mund und sah sie fragend an.

»Hast du auch eben so etwas Komisches gerochen und gehört?«, fragte er leise.

»Ja, Timmy, habe ich. Das Geräusch klang wie Schritte. Und der Geruch roch wie ein Aftershave. Timmy, aber von wem nur?«

»Japp, es waren definitiv Schritte. Aber von wem, weiß ich auch nicht, Kate.« Timmy schüttelte leicht den Kopf und schaute sich nervös um.

Im gleichen Moment, im zweiten Gang, unterhielten sich Jonas und Patrick über die Gemeindefahrt vor vier Jahren, als sie mit ihrer Gemeinde auf einem Campingplatz waren. Patrick schlich gedankenverloren über den Boden und fragte plötzlich:

»Hast du das auch unter deinen Füßen gespürt?«

»Nein, was denn, Patrick?!«, antwortete Jonas.

»Okay, dann habe ich es mir wohl nur eingebildet«, meinte Patrick, doch noch ehe er den Satz zu Ende sprechen konnte, rutschte er plötzlich auf etwas, das sich wie ein Knochen anfühlte, aus. Mit einem leisen Schrei stürzte er zu Boden und stützte sich mit beiden Händen ab, bevor er unsanft auf seinem Gesäß landete.

»Was ist? Warum bist du so still? Das kenne ich ja gar nicht von dir!«, rief Jonas besorgt.

Als Jonas merkte, dass Patrick weiterhin schwieg, rief er immer wieder nach ihm. Plötzlich nahm er einen fremden Geruch wahr und begann, leise mit seinen Händen den Boden abzusuchen. Als er jedoch nichts fand, stand er auf und lief, ohne noch einmal zurückzublicken, einfach weiter.

Etwa eine Stunde später stieß er mit jemandem zusammen, und beide gingen zu Boden. Jonas hoffte instinktiv, dass es nicht die mysteriöse Gestalt war. Im selben Moment dachte er an Patrick und fragte:

»Bist du das, Patrick? Sag doch was!« Jonas hörte eine Stimme, die sagte:

»Beruhige dich!«

»Bist du das, Marco?«, fragte Jonas.

»Na klar, wer denn sonst?«, antwortete Marco.

»Ja, vielleicht der Irre?«

Marco fragte:

»Was ist los, Jonas und wo ist Patrick?«

Doch Jonas konnte ihm nicht antworten, da er plötzlich in Tränen ausbrach. Marco versuchte, ihn zu beruhigen. Als Jonas sich schließlich wieder gefasst hatte, erzählte er ihm, was passiert war.

»Ja und dann sind wir zusammen geknallt«, fügte Jonas noch hinzu. Marco überlegte kurz und meinte dann, dass sie erst einmal weitergehen sollten. Sie liefen eine Weile, bis sie schließlich auf ein strahlendes Licht stießen. Es war der Ausgang zum Friedhof.

In der gleichen Zeit fanden auch Kate und Timmy einen Ausgang und landeten in Nadyas Zimmer. Plötzlich hörten sie ein Geräusch, das vom Dachboden kam. Sofort liefen sie die Holztreppe hinauf. Oben angekommen, fanden sie Patrick bewusstlos auf dem Boden liegen. Die Wand war zur Hälfte eingestürzt.

Timmy sah es sich genau an und sagte zu Kate:
»Schau mal, das ist eine Geheimtür, die anscheinend zum zweiten Gang führt, in den Patrick und Jonas vorhin reingegangen sind.«
Kate kniete sich vor Patrick und sagte:
»Timmy, Patrick hat eine leichte Kopfverletzung.«
»Kate, glaubst du, dass er wieder auf die Beine kommt?«
»Ja klar, Timmy. Wir bringen ihn besser auf sein Zimmer«, schlug Kate vor. In Patricks Zimmer angekommen, legte Timmy Patrick auf sein Bett. Kurz darauf wurde er wach, sprang auf und schrie:
»Jonas, wo bist du?«
»Beruhige dich, Patrick!«, sagte Kate etwas verwundert und nahm Patrick dabei in die Arme. Er wunderte sich, dass auf einmal Kate und Timmy vor ihm standen.
»Was war mit dir los, Patrick? Und wieso schreist du nach Jonas?«, wollte Timmy wissen.
»Wenn etwas mit ihm passiert ist, haben wir das Recht, es zu erfahren, Patrick. Dann müssen wir Jonas sofort suchen gehen«, fügte Kate hinzu.
»Ich weiß nicht genau, was mit Jonas ist. Ehrlich. Schaut mich nicht so an. Ich weiß es wirklich nicht. Ich glaube, ich habe einen Blackout. Sorry, Freunde!«, antwortete Patrick verlegen.

»Ist schon gut, wir glauben dir. Ich hätte wahrscheinlich auch einen Blackout, wenn ich einen Schlag auf den Hinterkopf bekommen hätte«, gab Kate lächelnd zurück.

Es klingelte an der Haustür, und Timmy ging nach unten. Als er die Tür öffnete, fiel ihm eine Person in ihrem Van auf. Neugierig wie er war, rannte er sofort zum Van. Als er die halb verbrannte Leiche sah, erschrak er kurz, doch dann überkam ihn der Schock. Kaum hatte er sich gefangen, zog ihn plötzlich jemand in den Van.

Währenddessen schlief Patrick wieder ein. Kate wunderte sich, warum Timmy so lange unten war. Sie rief nach ihm, doch bekam keine Antwort. Plötzlich ging das Licht aus. Instinktiv drehte sie sich um, doch es war so dunkel, dass sie nicht einmal ihre eigene Hand vor Augen sah. In diesem Moment näherten sich blitzschnell blutrote Augen. Kate griff nach irgendetwas und schlug, ohne nachzudenken, zu. Als sie einen lauten Knall hörte, rannte sie so schnell wie möglich nach unten. Unten angekommen, klingelte das Haustelefon. Am anderen Ende der Leitung ertönte ein markerschütterndes Lachen, das mehrere Sekunden anhielt.

»Haha .... das Blut deines Freundes hat lecker geschmeckt. Jetzt werde ich mir deines holen.«
Die Person am Telefon legte auf, und Kate stürmte sofort los. Sie rannte geradeaus, bis sie an einer Abzweigung nach links in Richtung der Küche kam. Doch während sie lief, spürte sie, dass ihr jemand folgte. In der Küche angekommen, versuchte sie, das Licht einzuschalten, doch es funktionierte nicht.
Plötzlich, ohne Vorwarnung, stand eine Gestalt direkt hinter ihr. Bevor die Axt zuschlagen konnte, packte eine kräftige Hand sie am rechten Arm und zog sie in einen Geheimgang. Kate öffnete den Mund, um zu schreien, doch eine vertraute Stimme flüsterte ihr beruhigend ins Ohr:

»Du bist hier in Sicherheit.«
»Bist du das, Felix?«, fragte Kate schwer atmend.
»Jepp, der bin ich. Nadya ist auch bei mir«, beruhigte er sie.
»Man, bin ich erleichtert, dass euch nichts zugestoßen ist. Die anderen werden Augen machen. Wo wart ihr die ganze Zeit? Wir haben uns alle große Sorgen um euch gemacht.«
»Ist eine lange Geschichte, Kate. Erklären wir dir hinterher, wenn wir alle wieder zusammen sind. Lasst uns lieber weitergehen«, meinte Nadya zu ihrer Schwester.

Währenddessen in der Küche:
Die Gestalt griff nach einer Taschenlampe und begann, die Küche abzusuchen, auf der Jagd nach Kate. Doch trotz intensiver Suche konnte er sie nicht finden. Verwirrt und zunehmend verärgert fragte er sich, wie sie sich einfach so davonschleichen konnte. Frustriert verschloss er die Küchentür hinter sich und machte sich auf den Weg, um weiter nach seinem Opfer zu suchen.

Zurück bei Marco und Jonas, die sich auf dem Friedhof befanden:
Die beiden gingen zwischen den Reihen der Grabstätten hindurch. Auf vielen der alten Grabsteine stand eine unheimliche Inschrift:
Ich habe diese Person in der ersten Vollmondnacht um 20 Uhr getötet.
Auf den folgenden Grabsteinen waren nur noch die Namen und Uhrzeiten verändert. Als Marco und Jonas diese entsetzlichen Inschriften lasen, lief es ihnen kalt den Rücken herunter. Sie fragten sich, wer nur so etwas Grausames und zugleich Krankes tun konnte. Schnell entschieden sie sich, nicht länger an diesem unheimlichen Ort zu bleiben, und liefen weiter in Richtung Süden.

In der gleichen Zeit, in Patricks Zimmer:

Patrick wurde von einem lauten Geräusch aus dem Schlaf gerissen. Als er die Augen öffnete, setzte er sich erschrocken auf den Bettrand und bemerkte eine geöffnete Geheimtür, die sich direkt gegenüber von seinem Bett befand. Neugierig und ohne groß nachzudenken, entschloss er sich, in den dunklen Gang hinter der Tür zu verschwinden. Gerade als sich die Tür hinter ihm schloss, betraten Felix und Nadya das Zimmer, um Patrick abzuholen. Felix, der Kate draußen bemerkt hatte, fragte sie verwundert:

»Kate, ist das hier wirklich das Zimmer von Patrick?«

»Natürlich ist das sein Zimmer, Felix. Wieso fragst du?«

»Mmh, ganz einfach. Weil er nicht hier in seinem Bett liegt«, antwortete Felix altklug.

»Felix, das ist nicht komisch. Veräppeln kann ich mich alleine.«

»Ich veräppel dich nicht. Er liegt wirklich nicht in seinem Bett«, versicherte ihr Felix erneut.

»Ich bin mir aber ziemlich sicher, dass er vorhin noch dort lag und schlief. Mist, wo kann Patrick nur sein?«

»Keine Sorge, wir finden Patrick schon irgendwie.«

»Felix hat Recht. Ganz so weit kann er ja nicht gekommen sein.«

»Genau, Nadya«, stimmte Felix ihr zu. Doch Kate war in Gedanken bei Patrick. Sie machte sich große Sorgen um ihm, da er ja verletzt war.

»Das Beste wäre, wenn wir uns wieder aufteilen würden. So finden wir ihn sicherlich schneller, als wenn wir zu dritt bleiben«, schlug Nadya den beiden vor.

»Ich bin auch dafür, dass wir uns aufteilen«, pflichtete Felix ihr bei, wobei er noch schüchtern hinzufügte:

»Kate? … Wenn du nichts dagegen hast, würde ich gerne mit Nadya nach Patrick suchen.«

»Geht klar, Felix. Dann mache ich mich auf die Socken. Ich fange unten an zu suchen. Bis dann, ihr zwei. Bevor ich es vergesse, passt gut auf euch auf.«

Anschließend verließ sie die beiden und ging nach unten. Nadya trat zur Türspalte, schaute ihr nach und murmelte mit etwas trauriger Stimme:

»Machen wir, aber pass auf dich genauso auf. Bye, Kate!«

Danach ging sie auf Felix zu, nahm seine Hand und verschwand hinter dem Geheimgang, den auch Patrick genommen hatte. Die beiden liefen eine Weile durch den dunklen Gang, aber er schien kein Ende zu nehmen. Völlig erschöpft lehnten sie sich an eine Wand. Plötzlich begann sich die Wand zu bewegen, und Sekunden später fanden sie sich in einem geheimen Labor wieder. Auf dem Boden lagen zwei Leichen und mehrere Skelette, fünf bis zehn an der Zahl. Eine der Leichen saß auf einem Stuhl, trug einen Laborkittel und eine weiße Stoffhose. Nadya ging zu der Leiche und betrachtete sie genauer. Sie bemerkte, dass der Mann versucht hatte, einen Brief zu schreiben, aber den letzten Satz nicht mehr beenden konnte – er muss seinen Verletzungen erlegen sein. Auf dem Brief stand geschrieben:

Hallo Oliver! Hier im Schloss passieren merkwürdige Dinge. Ihr müsst bitte zu mir...

Während Nadya den Brief betrachtete, entdeckte Felix ein Foto auf einem Tisch und ging damit zu ihr.

»Ist das Jonas?«, fragte er Nadya etwas verwirrt.

»Keine Ahnung! Aber ich glaube eher nicht, dass dieser Junge das ist. Ich habe eine Vermutung, wer das sein könnte.«

»Wie jetzt? Woher denn das bitteschön? «

Dabei schaute Felix Nadya mit großen Augen an.

»Ich denke mal, Felix, dass es der eigentliche Hausherr ist.«

»Moment mal, du und Kate seid gar nicht die Besitzerinnen des Schlosses?«, fragte Felix sie völlig perplex. Lachend antwortete sie:

»Das haben wir auch nie behauptet. Ihr habt uns ja nie gefragt, woher wir kommen. Ihr seid einfach davon ausgegangen, dass wir hier wohnen. Aber mach dir keine Sorgen, Felix. Wir wären auch davon ausgegangen, dass, wenn uns jemand ins Schloss gebeten hätte, er der Hausherr ist, oder zumindest hier wohnt.«

»Warum seid ihr überhaupt hier?«, wollte Felix jetzt wissen.

»Das war so....Also, Kate und ich liefen durch einen Wald in unserer Nähe, als auf einmal eine geschwächte Taube in meine Arme fiel. Die Taube hätte ... äh ...«

Nadya unterbrach den Satz, weil sie ein merkwürdiges Geräusch gehört hatte.

»Nadya, was ist mit..?«, fragte Felix verwirrt.

»Nichts, Felix. Aber hast du das auch gehört?«

»Nein, tut mir leid. Ich habe nichts gehört.«

»DA! Da war es schon wieder. Ich bilde es mir doch nicht ein, oder, Felix? Lass uns nachschauen.«

»Okay, gehen wir, Nadya. Obwohl ich nichts gehört habe.«

Die beiden schauten sich um, doch sie sahen niemanden. Verwirrt gingen sie zurück ins Labor. Da meinte Felix zu Nadya:

»Ich will dir jetzt nicht zu nahe treten. Aber kann es sein, dass du dir das nur eingebildet hast?«

»NEIN!«, erwiderte Nadya prompt, wobei sie ihre Augen zukniff, sie wieder öffnete und dann hinzufügte:

»Ich bin mir ganz sicher, dass da was war.«

Felix sagte kichernd:

»Ist schon gut. Ich glaube dir ja. Glaubst du, das war dieser Irre? Der die Geheimgänge auch kennt?«

Ohne ein Wort zu sagen, ging Nadya einfach aus dem Labor. Felix wunderte sich über ihre Reaktion, sagte jedoch nichts weiter dazu und ging ihr nach. Nach einer kurzen Zeit machte er den Vorschlag, weiter nach Hinweisen zu suchen. Nadya stimmte ihm zu.

»Kann ja nicht schaden, wenn wir mehr herausfinden.«

Nach ungefähr einer Dreiviertelstunde fanden Felix und Nadya das private Zimmer des Hausherrn. Die beiden suchten das ganze Zimmer nach Hinweisen ab.

Kate rief in der Zwischenzeit nach ihrem Kumpel Patrick. Sie dachte sich, vielleicht war er auch nach draußen gegangen. Als sie, wie Timmy, auch eine Person neben dem Van sah, lief sie sofort los. Fast am Van angekommen, flog der Van in die Luft. Vor ihren Füßen lag Timmys Cape. Im Sekundentakt schossen ihr wilde Gedanken durch den Kopf. Ist Timmy dort drinnen gewesen oder nicht? War er überhaupt in der Nähe des Vans? Wenn nicht, wie kam sein Cape dorthin? Wenn er jedoch in der Nähe des Vans war, ist er dann…? Kate schloss ihre Augen, fing an zu weinen und stammelte:

»Bitte, Timmy, tu uns das nicht an. Sei bitte noch am Leben. TIMMY…!« Während sie das sagte, sank sie zu Boden.

Jonas und Marco zuckten kurz zusammen, als sie Kates Geschrei hörten, während sie sich noch auf dem Friedhof hinter dem Schloss befanden. Ohne lange nachzudenken, rannten die beiden sofort los. Sie liefen einmal um das ganze Schloss, bis sie schließlich am Parkplatz ankamen. Jonas fragte Kate:

»Kate, was ist passiert? Wieso hast du so geschrien? Und was ist mit unserem Van?«

Doch er bekam keine Antwort von ihr. Er war sich nicht sicher, ob sie ihn überhaupt gehört hatte. Marco bemerkte das Cape in Kates rechter Hand und fragte erschrocken, ob es Timmys sei. Jonas schluckte, schaute zuerst Marco und dann Kate entsetzt an. Er lief auf Kate zu, packte sie an den Schultern, schüttelte sie vorsichtig und fragte mit zitternder Stimme:

»War Timmy etwa in dem Van, als er in die Luft ging? Jetzt sag schon, Kate!«

Einigermaßen wieder zu sich gekommen, jedoch weinend, antwortete Kate:

»Keine Ahnung, Jungs. Kurz bevor ich am Van ankam, fing er auf einmal Feuer und kurz darauf ging er in die Luft. Daher weiß ich es nicht. Ich hoffe nur, dass jemand das Cape hier nur verloren hat. Und nicht, dass er im Van war.«

Jonas ließ Kate wieder los, ging einige Schritte nach hinten und atmete tief durch. Kate drehte ihren Kopf zur Seite, um die beiden nicht zu sehen. Marco schaute zum Nachthimmel hoch und dachte daran, wie es wäre, wieder zu Hause zu sein – und zwar alle zusammen. Plötzlich zuckten alle drei zusammen, als ein ohrenbetäubendes Geräusch aus Richtung Schloss ertönte. Kurz darauf verschwand das Geräusch wieder. Die Freunde schauten sich an. Sekunden später liefen sie zurück zum Schloss. Dort angekommen, begannen sie sofort mit der Suche nach der Quelle des Geräusches. Während sie durch das düstere, stille Schloss schlichen, erzählte Kate, was ihr alles widerfahren war.

»Erst einmal habe ich Timmy und Patrick auf dem Dachboden gefunden. Patrick hat allerdings eine leichte Kopfverletzung.«

Marco unterbrach Kate:

»Was hat Patrick? Eine leichte Kopfverletzung!?«

»Ja, hat er. Deswegen haben wir uns ja aufgeteilt, um ihn zu suchen.«

»Wer sind „wir"?«, fragte Jonas verwundert.

»Ja … wir bedeutet: Felix, Nadya und ich! Wieso fragst du, Jonas?«

»Wie hast du die beiden gefunden und sie dann wieder gehen lassen!? Spinnst du, Kate?«

»Maul mich nicht so an. Die zwei sind keine Babys mehr. Es war nicht gerade clever von mir, aber ich kann es jetzt auch nicht mehr ändern. Außerdem, wenn die beiden nicht gewesen wären, wäre ich wahrscheinlich gar nicht mehr am Leben«, rechtfertigte sich Kate.

Marco erwiderte lachend:

»Wie rührend ist das denn: Wenn die Jüngeren die Älteren retten.«

»Ja, Felix würde für jeden von uns sein Leben geben. Auch Patrick, Timmy, Marco und ich würden es tun. Bei euch Mädels weiß ich es nicht. Glaube aber schon.«

Kate erwiderte daraufhin:

»Wir haben euch schon so sehr in unser Herz geschlossen, dass wir auch für euch unser Leben geben würden.«

Plötzlich fing Marco an zu schreien:

»AHHHH!!! Es braucht hier aber keiner für irgendjemanden sein Leben zu geben!«

Jedoch wusste Marco im gleichen Moment, dass er gelogen hatte, denn tief in seinem Inneren konnte er sich nicht sicher sein, ob Timmy und die anderen noch am Leben waren.

»Moment mal, warum hast du Felix und Nadya eigentlich alleine gelassen?«, fragte Jonas Kate erneut.

»Ganz einfach… darum!«, lächelte sie Jonas frech an.

»Ich meine das verdammt ernst, Kate! Du brauchst mich gar nicht erst zu veräppeln!«, gab Jonas beleidigt zurück.

»Bevor du anfängst zu weinen, sag ich es dir. Die beiden hatten den Vorschlag gemacht, dass wir uns aufteilen sollen.«

»Wieso bist du dann nicht mit Felix oder Nadya gegangen?«

»Bist du so dumm oder tust du nur so!? Felix hat mich ganz schüchtern gefragt, ob er mit Nadya ein Team bilden kann. Mit anderen Worten: Zwischen Nadya und Felix bahnt sich was an. Gecheckt, Jonas!?«

»Klar, jetzt habe ich es verstanden. Ganz so dumm, wie du mich darstellst, bin ich nämlich auch nicht.«

Da nichts von Marco kam, fragten Jonas und Kate ihn im Chor:

»Marco, warum schaust du so nachdenklich an die Decke?«

Marco war so in Gedanken versunken, dass er die beiden nicht gehört hatte. Die beiden fühlten sich ein wenig veräppelt, aber sie entschieden sich, nichts zu sagen. Nach etwa fünf Minuten brach Marco schließlich das Schweigen:

»Lasst uns weitergehen.«

Und schon lief er los. Die anderen waren sehr überrascht, doch sie folgten ihm schnell. Die ganze Zeit riefen sie im Chor:

»Felix, Nadya, Patrick und Timmy, wo seid ihr?«

Während sie den Satz immer und immer wiederholten, vernahmen sie ein sarkastisches Lachen.

»HAHAHAHA … Ihr werdet alle heute Abend sterben! AHAHAHA …«

Marco rief:

»Bist du feige oder warum versteckst du dich?«

Die andere Stimme sagte:

»Ich würde nicht so eine dicke Lippe riskieren. Oder wollt ihr so enden wie der Junge, den ihr Timmy nennt?! HAHAHA …«

Dabei lachte die Person nur und warf ihnen sieben Puppen vor die Füße, die exakt wie Marco, Timmy, Felix, Patrick, Jonas, Kate und Nadya aussahen. Timmy war mit roter Farbe beschmiert. Marco blickte entsetzt auf die Puppe, und ein schrecklicher Gedanke schlich sich in seinen Kopf: Timmy musste im Van gewesen sein, als dieser in die Luft flog. Die Wut, die in ihm aufstieg, mischte sich mit tiefer Trauer, und alle drei schrien gleichzeitig ihre Stimmen voller Hass und Verzweiflung. Tränen stiegen ihnen in die Augen, als sie riefen:

»*VERPISS DICH!! ODER KOMM AUS DEINEM VERSTECK HERAUS!*«

Die Gestalt sagte:

»Für dich, Bruderherz, komme ich gerne aus meinem VERSTECK. Aber nur, um euch zu töten. HAHAHA…«

Was Patrick bisher widerfahren war:

Nachdem er aus seinem Zimmer in den Geheimgang gegangen war, lief Patrick eine lange Zeit nur geradeaus. Schließlich erreichte er eine weitere Tür, auf der in großen Buchstaben stand:

Hier haust Jake. Betreten auf eigene Gefahr!

Ein kaltes Schaudern lief ihm über den Rücken, als er bemerkte, dass Felix ebenfalls den Zweitnamen „Jake" trug. Besorgt, aber auch neugierig, entschloss er sich, die Tür zu öffnen.

Kaum im Zimmer, hörte er plötzlich eine Stimme. Schnell versteckte er sich unter dem Bett, das mitten im Raum stand. Auf dem Bett lagen nur ein Kissen und eine Decke. Die Schritte der Person kamen näher. Sie trat ein, und Patrick konnte die Bewegung hören, wie die Gestalt die Axt gegen ein Schwert und zwei Dolche austauschte, die an der rechten Wand des Zimmers hingen. Das Schwert hatte eine lange Klinge und einen schwarzen Griff, die Dolche hatten kurze Klingen und die Griffe waren fast genauso lang wie die Klingen selbst.

Patrick starrte mit großen Augen auf die Szene und konnte kaum fassen, was er da sah. Die Gestalt wollte das Zimmer verlassen, hielt jedoch kurz inne. Plötzlich schien sie einen fremden Geruch wahrzunehmen. Misstrauisch schaute sie im Schrank und unter dem Bett nach, doch Patrick konnte sein Glück kaum fassen: Die Gestalt entdeckte ihn nicht. Kurz darauf verließ sie das Zimmer.

Patrick atmete erleichtert auf. Unter dem Bett hatte er eine Falltür entdeckt, die er sofort nutzte, um sich in Sicherheit zu bringen. Als er unter der Falltür hindurch kroch, fand er eine Leiche, die eine Pistole in der linken Hand hielt. Zögernd, aber entschlossen, nahm er die Waffe an sich, in der Hoffnung, sie später noch gebrauchen zu können. Dann setzte er seinen Weg fort und lief erneut geradeaus.

Wieder zurück bei Marco, Kate und Jonas:
Jonas verstummte und senkte den Kopf, seine Augen schlossen sich. Marco drehte sich zu ihm um und fragte besorgt:
»Was ist los, Jonas?« Doch er erhielt keine Antwort. In dem Moment rannte eine Gestalt wie von Sinnen nach unten, was Marco und Kate erschreckte. Sie versuchten, Jonas am Arm zu packen, um ihn mit sich zu ziehen, doch er rührte sich keinen Millimeter. Beide waren ratlos und verstanden nicht, was mit ihm los war.

Kate, besorgt und nun ebenfalls etwas verzweifelt, packte Jonas an den Schultern und schüttelte ihn vorsichtig hin und her
»Ey, lebst du noch? Komm, lass den Unsinn. Hör doch nicht auf das Geschwätz von diesem Irren. Timmy ist noch am Leben, da bin ich mir sicher. Er ist viel zu clever, um sich von diesem Irren umbringen zu

lassen… Außerdem hätten wir doch was gespürt, wenn ihm irgendetwas zugestoßen wäre. JONAS!! Ich fasse es nicht, dass du jetzt einfach aufgibst und all deine Freunde im Stich lassen willst. Du bist sowas von feige, Jonas. Das hätte ich nie von dir gedacht. Ich glaube das jetzt nicht. Jonas!? Verdammt nochmal, ich rede mit dir.«

Im selben Moment schlug Jonas Kate die Arme weg und holte aus. Nachdem sie sich von dem Schreck erholt hatte, machte sie ihre Augen wieder auf. Sie drehte ihren Kopf wieder nach vorne, dabei richtete sie ihn auf. Vor ihr stand ein ziemlich wütender Jonas, der ihr am liebsten noch eine mitgeben würde, es jedoch nicht tat. Marco und die mysteriöse Gestalt waren sprachlos, sie schauten sich das Geschehen nur an, bis Marco verwundert zu den beiden sagte:

»Spinnt ihr? Das ist wohl kaum der richtige Zeitpunkt, um sich zu streiten. Wir müssen hier weg, schon vergessen, ihr zwei!?«

Die mysteriöse Gestalt lachte nur. Jonas und Kate schauten sich schweigend in die Augen. Sogleich wollten sich beide beim jeweils anderen entschuldigen. Doch irgendwie kam kein Ton heraus.

»Bruderherz, du solltest dich wirklich schämen. Ein Mädchen schlägt man nicht. Wo sie Recht hat, hat sie nun mal Recht. Du bist feige, Jonas! ODER wieso stellst du dich nicht endlich, sondern läufst weg?«, lachte die maskierte Gestalt hämisch. Er schubste Jonas zur Seite, sodass dieser zu Boden fiel. Im selben Augenblick griff die mysteriöse Gestalt Kate an.

»KATE, NEIN!«, schrien Jonas und Marco verzweifelt im selben Augenblick. Während der Irre lachte, sank Kate leblos zusammen.

»Und jetzt zu dir, Braunschopf!«

Marco zuckte kurz zusammen und sagte zu Jonas, der mittlerweile wieder aufgestanden war, dass er Kate mitnehmen und schon mal vorgehen sollte. Doch Jonas wollte nicht. Er wollte hier bei Marco bleiben, um ihn zu unterstützen.

»Jonas, geh! Versuch, Kate wach zu bekommen und verschwindet dann von hier.«

Jonas wollte gerade etwas sagen, als Marco meinte:

»Und versuche nicht, mir zu widersprechen. Habe ich mich klar ausgedrückt, Jonas?«

Jonas nickte nur und hörte Marco weiterhin aufmerksam zu.

»Keine Sorge, mir wird schon nichts passieren. Pass lieber auf dich und Kate auf. Nun mach schon, Jonas!«, fügte Marco seinen Worten noch hinzu und blickte Jonas dabei direkt in die Augen. Von da an wusste er, dass Marco es ernst meinte. Trotzdem ging er zögernd zu Kate. Er kniete sich vor sie und sprach zu ihr:

»Ey, Kate? Wach auf! Wir müssen hier weg. Komm schon, wach auf, Kate!«

Langsam, aber sicher kam sie zu sich.

»Was ist los? Und was ist mit mir geschehen?«, fragte sie Jonas ganz benommen. Froh darüber, dass ihr nichts Ernsthaftes zugestoßen war, half er ihr hoch.

»Erkläre ich dir später. Komm einfach mit mir mit.«

Ohne weiter nachzufragen, folgte sie ihm. Beide machten sich auf den Weg zur Küche, da Kate dort den Geheimgang kannte. In der Küche angekommen, lehnte Kate sich an die Arbeitsplatte. Dabei fiel ein Stapel mit drei Töpfen herunter. Kate seufzte und sagte:

»War es nicht falsch, Marco ganz alleine bei dem Irren zu lassen? Ich gehe zurück und helfe ihm, Jonas. Ich kann mir nicht vorstellen, dass Marco es alleine schafft und heil aus der Sache wieder rauskommt. Wir wissen doch genau, wozu dieser Typ fähig ist.«

Kate kehrte Jonas den Rücken zu. Als sie gerade loslaufen wollte, griff Jonas nach ihrer linken Hand und zog sie zu sich heran.

»Du bleibst hier bei mir. Du kennst Marco nicht so gut wie ich oder einer der anderen Jungs. Ihr wisst gar nichts über uns. Wenn er diesen knallharten Blick draufhat, meint er es verdammt ernst. Also lass uns diesen Geheimgang benutzen, denn wir müssen Felix, Timmy, Patrick und Nadya suchen.«

Plötzlich spürte Kate Tränen, die ihre Wangen hinunter liefen. Sie öffnete langsam die Augen, die sie eben noch fest geschlossen hatte.

»Außerdem ist Marco groß und stark. Ich glaube ganz fest, dass er es schaffen wird«, fügte Jonas weinend hinzu. Er hielt Kate noch kurz fest, dann ließ er sie wieder los und wischte sich seine Tränen weg.

»Komm jetzt, Kate!«

Sie zeigte ihm den Geheimgang, und Jonas lief los. Sie verstanden es irgendwo, aber auch wieder nicht. Doch sie fragte nicht mehr nach, sondern folgte ihm in den Geheimgang und schloss die Tür hinter sich und Jonas.

In der Zwischenzeit bei Marco und der mysteriösen Gestalt:

»Hast du eigentlich vor, schnell zu sterben? Ach, das war ein süßer Anblick. Zu sehen, wie dieser Timmy gestorben ist. HAHAHA ...«, meinte die maskierte Gestalt und lachte Marco an. Marco holte aus und schlug der maskierten Gestalt mitten ins Gesicht, sodass diese lachend zu Boden fiel. Marco fühlte sich etwas veräppelt und starrte den Irren an.

»Ich würde an deiner Stelle hier nicht so doof rumstehen. Denn ich werde mir jetzt Felix holen. Den besten Freund meines Bruders«, fügte die Gestalt hinzu und warf eine Rauchbombe. Marco begann zu husten und wollte gerade etwas sagen, als sich die Gestalt in Luft auflöste. Als der Rauch sich verzog, rannte Marco los und schrie dabei immer wieder Felix' Namen.

Zur selben Zeit bei Jonas und Kate:

Die beiden Freunde hatten sich bereits aufgeteilt, da der Gang sich in zwei separate Wege verzweigte. Kate ging den rechten Gang entlang, und nach kurzer Zeit hörte sie ein Klingeln. Es kam aus einem Telefon, das fest an der Wand befestigt war. Das Telefon war mit dem Anschluss in der Küche verbunden.

Kate ging hin, nahm mit ihrer rechten Hand den Hörer ab und fragte: »Wer ist da?«

Die Person am anderen Ende der Leitung antwortete nur:
»Ich hole mir jetzt Felix. HAHAHA...!«
Und legte wieder auf. Nach dem Satz rannte Kate sofort los, ohne lange nachzudenken. Sie hoffte, dass sie zuerst Felix und Nadya finden würde, da sie sich große Sorgen um die beiden machte, die immer noch nach Hinweisen suchten. Sie ahnten nicht, in welcher Gefahr sie schwebten.

Marco fand sich in einem Saal wieder und rief erneut nach Felix. Doch er bemerkte nicht, dass der Unbekannte direkt hinter ihm war. Dieser zog einen Dolch mit seiner linken Hand und stach Marco brutal in den rechten Oberarm. Marco stieß einen Schrei aus und presste mit seiner linken Hand die Wunde am rechten Oberarm. Der maskierte Angreifer stach dann noch dreimal in Marcos linken Oberarm. Marco taumelte und ging in eine gebückte Haltung, als die Gestalt ihm einen Dolchstoß in den Bauch versetzte. Der Schmerz ließ Marco das Bewusstsein verlieren, und er fiel zu Boden. Die mysteriöse Gestalt ergriff die Gelegenheit und packte Marco an seiner linken Schulter. Mit ihm auf der Schulter ging der Angreifer zum Friedhof und hängte Marco an einem Baum auf. Die Szene erinnerte an die Darstellung von Jesus: Marcos Arme waren an den Ästen festgebunden, seine Beine an den Stamm.

Jonas lief derweil den Gang entlang, den er zuvor gewählt hatte. Kate war immer noch auf der Suche nach Nadya und Felix. Schließlich fand Jonas sich auf dem Friedhof hinter dem Schloss wieder. Er lief eine Weile umher, bis er an einem kleinen Hügel ankam, auf dem Marco, auf dem Baum aufgehängt, hing. Er rannte sofort los und rief nach Marco. Als er bei ihm ankam, versuchte Jonas, ihn zu wecken. Dabei bemerkte er die vielen Schnittverletzungen an Marco. Nach einigen Minuten öffnete Marco seine Augen und sah Jonas weinend vor sich. Jonas kniete vor dem Baum, auf dem Marco hing, und versuchte verzweifelt, ihm etwas zuzurufen – doch kein Laut kam aus seinem Mund. Marco fragte sich, ob er zu schwach war, um zu sprechen. Erst als Jonas bemerkte, dass Marco die Augen geöffnet hatte, spürte er eine Welle der Erleichterung. Überglücklich, dass sein Freund noch lebte, brach er erneut in Tränen aus. Marco versuchte, ihn mit einem schwachen Lächeln zu beruhigen. Jonas suchte fieberhaft nach einem Weg, Marco vom Baum zu befreien. Schwer verletzt und keuchend flüsterte Marco, dass Jonas schnell verschwinden und Felix sowie die anderen suchen sollte. Zudem fragte er nach Kate. Doch Jonas reagierte nicht, sondern versuchte weiterhin verzweifelt, Marco zu befreien. Marco schrie ihm zu, dass er verschwinden soll, aber Jonas ließ sich nicht abhalten. Schließlich holte er Marco vorsichtig vom Baum und legte ihn sanft auf den Boden. Er wollte gerade versuchen, die Blutung mit seiner Jacke und seinem blauen Pullover zu stoppen, als plötzlich eine Schattengestalt hinter ihm auftauchte und mit hämischer Stimme sagte:

»Es ist zwecklos! Er wird sterben, genau wie meine Eltern. HAHAHA…«

Im selben Moment zog die maskierte Gestalt mit der rechten Hand ein Schwert und ging auf Jonas los, um ihn tödlich zu verletzen. Doch plötzlich durchbrach ein Schuss die Stille, der die Luft erschütterte.

»Jonas, steh nicht wie angewurzelt da, sondern lauf ins Schloss zurück. Keine Sorge, Marco wird schon nichts passieren. Er ist stark und wird es irgendwie schaffen. Also LAUF!«

Mit Tränen in den Augen rollte Jonas sich zögernd zur linken Seite, um aus der Schusslinie zu entkommen. Dabei rief er verzweifelt zu Marco:

»Keine Sorge, Marco. Ich werde Felix und die anderen finden und beschützen. Danach komme ich wieder und helfe dir und Patrick«, rief Jonas, als er Patricks vertraute Stimme hörte, die gerade den Schuss abgefeuert hatte.

»Marco, halte bitte bis dahin noch durch. Ok, Marco? Du darfst einfach nicht sterben. Lass uns vier Jungs und Nadya und Kate nicht alleine. Solltest du sterben, bekommst du Ärger von mir! HÖRST DU, MARCO!?!«

Jonas bekam jedoch keine Antwort und rannte in Richtung Schloss. Während er lief, waren seine Gedanken bei seinen Freunden – Marco, Timmy, Patrick, Felix, Kate und Nadya. Er hoffte inständig, dass es ihnen gut ging und dass Marco noch durchhielt. Immer wieder drehte er sich um, bis er schließlich hinter den Schlossmauern verschwand. Kurz darauf drehte sich der Irre um, ein hämisches Lachen verließ seine Lippen, als er mit der Stimme, die vor Spott nur so triefte, sagte:
»Lauf nur, Jonas! Lauf nur! Dann wird es erst interessant, wenn du dich wehrst und siehst, wie dein bester Freund vor deinen Augen stirbt. Deshalb such ihn, dann hast du mir eine Menge Ärger erspart. HAHAHA... Ach, mein Bruder. Damals sagte ich, dass Blut dicker sei als Wasser. Doch heute will ich dich nur noch tot sehen. HAHAHA... Und jetzt zu dir, Braunschopf. Du hast lange genug Jonas und die anderen beschützt. Das ist jetzt ein für alle Mal vorbei. Auf Wiedersehen!«

Die mysteriöse Gestalt zog sein Schwert und hob es, um gerade Marco zu töten, als plötzlich Patrick hinter dem Baum auftauchte, an dem Marco hing. Mit gezogener Waffe, die er im Schloss gefunden hatte, richtete er sie auf die Brust der maskierten Gestalt. In einem Wutausbruch rief Patrick:

»Du bringst niemanden mehr um. Hier ist Schluss mit lustig.«

Patrick wollte gerade den Abzug drücken, als Marco, schwer atmend, auf die Beine kam und ihm mit einem kräftigen Schlag die Waffe aus der Hand riss. Sowohl Patrick als auch die mysteriöse Gestalt waren sichtlich überrascht von Marcos plötzlichem Handeln. Die maskierte Gestalt begann zu lachen und sagte spöttisch:

»Du hast es echt eilig zu sterben, Braunschopf. Da werde ich dir deinen Wunsch mal erfüllen.«

»Fehlanzeige, weder ich noch meine Freunde werden hier sterben. Klar!?«, gab Marco schwer atmend zurück. Er griff nach Patricks Hand und zog ihn kühl an der mysteriösen Gestalt vorbei, in Richtung Schloss. Die maskierte Gestalt schloss für einen Moment ihre Augen, bevor sie sie wieder öffnete. Ihre Augen funkelten jetzt in einem bedrohlichen

Blutrot. Mit einem bösen Blick verfolgte sie die beiden, während ein fieses Grinsen über ihr Gesicht zog. Doch dann, wie von einer Tarantel gestochen, stürmte sie plötzlich hinter Marco und Patrick her. Kurz bevor sie die beiden einholte, zog sie ihren Dolch und griff nach ihnen.

»Ihr entkommt mir nicht. Ihr werdet hier auf dem Friedhof ins Gras beißen. Und anschließend hole ich mir Jonas und die anderen. Das Beste ist, dass ihr als erstes daran glauben müsst und mir somit nicht mehr in die Quere kommen könnt. HAHAHA…HAHAHA.«

Und schon hatte die maskierte Gestalt Patrick erwischt. Dieser zuckte zusammen, stieß Marco weg und griff mit bloßen Händen nach der mysteriösen Gestalt. Doch die Gestalt lachte nur hämisch und versetzte ihm einen weiteren Dolchstoß. Ohne einen Laut von sich zu geben, sackte Patrick zu Boden.

»PATRICK, NEIN! Wieso hast du das getan?«

Er starrte den Irren mit hasserfüllten Augen an. Einige Minuten lang hielten die beiden sich den Blick, keiner von ihnen schaffte es, den Blick abzuwenden. Patrick, der langsam wieder zu sich kam, schubste die mysteriöse Gestalt mit aller Kraft so stark, dass sie zu Boden fiel. Er packte Marco an der Hand und rannte mit ihm ins Schloss. Die maskierte Gestalt erholte sich jedoch schnell vom Stoß, sprang auf und setzte ihnen sofort nach.

Im Schloss hallte Jonas' Ruf durch die leeren Gänge, als er nach den anderen suchte, besonders nach Felix. Doch von den anderen kam keine Antwort. Zwei, drei Sekunden vergingen, in denen er erneut rief, doch wieder blieb es still. Verzweiflung breitete sich in ihm aus. Er begann an sich zu zweifeln und fragte sich, ob seine Freunde überhaupt noch am Leben waren. Mit gesenktem Kopf lief er die Treppen hinauf und murmelte leise vor sich hin:

»Felix, Timmy, Kate und Nadya, wo seid ihr bloß? Seid ihr noch am Leben? Bitte! Das wäre nicht fair, wenn ich als einziger noch am Leben wäre. Marco braucht uns dringend.«

Durch Jonas' Kopf schossen so viele Gedanken, dass er kaum in der Lage war, sie zu ordnen. Er erinnerte sich an den Moment, als er die beiden Schwestern zum ersten Mal getroffen hatte, an die Spannung, die in der Luft gelegen hatte, und an die seltsamen Ereignisse, die sie damals in den Bann gezogen hatten. Jonas setzte sich auf Felix' Bett, den Blick auf den Boden gerichtet, und sprach mit einer traurigen, beinahe heiseren Stimme:

»Wieso tust du uns das nur an? Lieber Gott, wenn es dich wirklich gibt, dann hilf uns bitte hier heraus. Ich möchte mit meinen Freunden noch so viel erleben. Auch die zwei Mädels möchte ich noch besser kennenlernen. Lass die anderen nicht für etwas büßen, was sie nicht verbockt haben. Es ist doch alles meine Schuld. Wenn ich vorher den Van gecheckt hätte, wie Marco und Sven es gesagt hatten, wären die anderen jetzt nicht in dieser Lage. Marco, was soll ich nur machen? Ich habe weder Felix noch die anderen drei gefunden. Es tut mir so leid! Ich kann mein Versprechen dir gegenüber nicht mehr halten. Ich habe auf ganzer Linie versagt.«

»So ein Quatsch, Jonas. Du hast nicht versagt. Erzähl doch nicht so einen Blödsinn.«, unterbrach Kate Jonas und setzte sich zu ihm auf Felix' Bett. Sie fragte ihn auch, wo Marco war, erhielt jedoch keine Antwort. Jonas versuchte, Kates Blicken auszuweichen und starrte voller Verzweiflung auf den Fußboden.

»Ist schon okay, Jonas. Du musst nichts sagen, wenn du nicht möchtest. Eines sei dir gesagt, es ist egal, was noch kommen mag. Du und auch die anderen Jungs könnt jederzeit zu Nadya und mir kommen. Also Kopf hoch! Wir werden alle zusammen dieses verrückte Schloss verlassen. Keiner von uns wird hier sein Leben lassen.« Während sie das sagte, legte sie ihre linke Hand auf seine rechte Schulter. Doch plötzlich stieß die Zimmertür auf. Erschrocken sprangen Kate und Jonas auf und machten sich kampfbereit.

»Marco und Patrick, was macht ihr denn hier?«, fragten Jonas und Kate sichtlich verwundert. Überglücklich, dass Marco noch am Leben war, ging Jonas mit weinenden Augen auf ihn zu. Er lehnte sich an ihn und flüsterte leise um Verzeihung. Marco zog ihn sanft in eine Umarmung, schenkte ihm ein aufmunterndes Lächeln und sagte:

»Ist schon in Ordnung. Du hast dein Bestes getan. Dann suchen wir eben unsere drei Freunde zusammen. Ist das in Ordnung für dich?«

Jonas konnte in diesem Moment nur nicken.

»Ey, Jungs!? Ich will euer Wiedersehen ja nicht unterbrechen, aber wir sollten hier schleunigst verschwinden. Ansonsten können wir bald die Radieschen von unten betrachten.«

»Hör auf, Patrick! Du erzählst mindestens genauso viel Unsinn wie Jonas. Nochmal zum Mitschreiben: Keiner von uns wird hier sterben. Kapiert!?«, unterbrach Kate Patrick etwas wütend.

»Er hat allerdings mit einer Sache Recht. Wir sollten hier wirklich verschwinden. Denn der Irre ist immer noch hinter uns her«, fügte Marco hinzu.

»Okay, Jungs. Hört mir jetzt ganz genau zu. Ich werde versuchen, mit dem Irren Katz und Maus zu spielen. Ihr werdet in der Frauentoilette den Geheimgang benutzen, den die beiden Kleinen und ich gefunden haben. Ich vermute mal stark, dass die anderen auch irgendwo einen dieser Gänge benutzen.«

»Vermuten!? Sag doch gleich, dass du es nicht weißt. Wann habt ihr, Felix und Nadya, den Geheimgang auf dem Frauenklo gefunden?«, unterbrach Patrick Kate skeptisch und verschränkte seine Arme vor der Brust. »Du musst mir einfach vertrauen, Patrick. Ich kann nicht sicher sagen, ob dieser kranke Typ die Geheimgänge kennt oder nicht. Es ist mehr so ein Gefühl, das ich habe – wie damals, als wir den Gang benutzt haben, um in dein Zimmer zu kommen. Wir kamen aus der Frauentoilette heraus, erinnerst du dich? Ach, und bevor ich es vergesse: Macht bloß keinen Lärm in den Geheimgängen. Falls ich richtig liege und er die Gänge nicht kennt, könnte das unser Vorteil sein. Schau nicht so skeptisch, Patrick. Es ist definitiv einen Versuch wert. Eure Aufgabe ist es, Felix, Nadya und Timmy zu finden – unbedingt. Danach treffen wir uns alle im Speisesaal. Beeilt euch, Jungs! Denn nach dem Geräusch zu urteilen... ist er auf dem Weg«, sagte Kate und wollte gerade aus dem Zimmer gehen, als Jonas sie anschrie und seinen Kopf hin- und her schüttelte.

»NEIN! Ich will das nicht.«

Die anderen schauten ihn nur verblüfft an.

»Ich will es einfach nicht, dass du mit diesem Irren Katz und Maus spielst. Es ist viel zu gefährlich. Außerdem, wer garantiert uns, dass du heile aus der Situation wieder herauskommst?« Als er das sagte, blickte Jonas ihr direkt in die Augen. Mit einem Lächeln meinte Kate: »Jonas, ich werde euch nicht hängen lassen. Wir werden uns alle sieben wiedersehen. Versprochen, Jonas!«, versuchte sie ihm weiß zu machen und verschwand im Flur. Sie wollte gerade die Treppen hinuntergehen, als die mysteriöse Gestalt ihr bereits entgegenkam. Mit ihrer üblichen Arroganz blieb Kate oben an der Treppe stehen und wartete. Doch das, was sie sah, gefiel ihr überhaupt nicht. Die Gestalt musterte sie und sprach schließlich mit sarkastischer Stimme:

»Sieh an, eine ganz Mutige!«

»Wie kann ich Ihnen weiterhelfen?«, fragte Kate mit arroganter und zugleich sarkastischer Stimme. Die mysteriöse Gestalt wurde allmählich ungehalten, versuchte es jedoch zu überspielen.

»Ach, ich suche so zwei junge Männer. Einer davon ist schwer verletzt. Der andere trägt ein weißes Tuch um seinen Kopf. Falls du sie gesehen hast und mir noch verraten könntest, wo sie sind, wäre ich dir äußerst dankbar«, antwortete er auf ihre Frage.

»Mhm... Lass mich mal kurz überlegen. Nein, es tut mir leid. Die beiden jungen Männer habe ich nicht gesehen. Ehrlich gesagt, auch falls ich es wüsste, wo sie sind, würde ich es Ihnen nicht verraten«, erwiderte sie weiterhin mit arrogantem Unterton.

»Kleine, das brauchst du auch nicht mehr. HAHAHA...! Denn einen von den beiden habe ich bereits gefunden.«, freute sich die maskierte Gestalt. Doch Kate verstand in diesem Moment nicht, was er damit meinte. Sie drehte sich um und sagte geschockt:

»Du? Was machst du denn hier? Ich habe doch gesagt, dass ihr die anderen suchen sollt oder etwa nicht? Also, was soll der Mist, Patrick?«

»Sorry, Kate. Ich kann dich doch nicht einfach mit diesem Typen alleine lassen«, erwiderte Patrick mit ernster Stimme.

»Doch, genau das kannst du. Sieh dich doch bitte mal an, du bist verletzt. Was ist, wenn dir etwas passiert? Wie zum Kuckuck nochmal soll ich es dann den anderen erklären?«, wollte Kate von Patrick wissen.

»Du brauchst nichts erklären. Uns wird einfach nichts passieren«, erwiderte Patrick.

»Ihr braucht euch doch nicht darum zu streiten, wer die Ehre hat, als erstes von mir den ewigen Platzverweis zu bekommen. Also bitte! Ich werde euch beide einfach auf einmal verweisen. HAHAHA…!«

Im selben Augenblick rannte der Irre los. Auch Kate und Patrick rannten zur nächsten Treppe.

»Ihr könnt wegrennen, so viel ihr wollt, entkommen könnt ihr mir sowieso nicht.«

»Das werden wir ja sehen, du kranker IRRER!«

»Patrick, verärgere ihn nicht noch mehr. Wir wollen ihn schließlich davon abhalten, Marco und die vier anderen zu finden.«

»Sorry, Kate. Ist mir nur so rausgerutscht.«

Patrick merkte, dass sie nicht mehr verfolgt wurden, woraufhin beide stehen blieben und sich umdrehten. »Du hast Recht, Patrick. Aber wohin ist der Typ so plötzlich verschwunden? Und was machen wir jetzt?«

»Keine Ahnung, Kate!«

Patrick hatte gerade seinen letzten Satz ausgesprochen, als plötzlich eine Sense zwischen ihnen auftauchte. Beide sprangen erschrocken zurück und rannten in entgegengesetzte Richtungen. Doch innerlich bereiteten sie sich bereits auf einen Kampf auf Leben und Tod vor. Sie wussten, dass eine Flucht zwecklos war. Patrick und Kate hielten jedoch an einem klaren Gedanken fest: Sie kämpften nicht nur für ihr eigenes Überleben, sondern auch für ihre Freunde und Familie.

Entschlossen und mit geballtem Mut griffen sie gemeinsam an. Ihre Angriffe trafen die mysteriöse Gestalt mitten ins Gesicht. Doch anstatt verletzt zu reagieren, begann die Gestalt nur kalt zu lachen und sagte:
»Glaubt ihr im Ernst, dass ihr beide irgendwas gegen mich ausrichten könnt?! Dann tut ihr mir echt leid.«
Kate hatte sich schon die ganze Zeit darüber gewundert, dass ihr die fremde mysteriöse Gestalt bekannt vorkam. Mit verwirrter Stimme sagte sie:
»Du hast ja dieselbe Stimme wie Jonas. Was hat das zu bedeuten?«
Die mysteriöse Gestalt grinste Kate an und sagte:
»Das möchtest du gerne wissen, was?«
»Ja, sonst hätte ich nicht gefragt.«
»Ja, vielleicht bin ich ja der arme süße Jonas.«
Patrick unterbrach die beiden mit einem lauten Schrei, stürmte auf die mysteriöse Gestalt zu und rief wütend:
»Jonas würde uns niemals so etwas antun, VERSTANDEN?!«
Die mysteriöse Gestalt hob ihre rechte Hand und schlug mit voller Wucht zu. Patrick brach zusammen und fiel auf den Boden. Kate rannte sofort zu ihm, kniete sich neben ihn und fragte besorgt:
»Ist alles in Ordnung?«
»Es geht!«, antwortete Patrick. Die mysteriöse Gestalt lief in Richtung Kate und Patrick.

Währenddessen bei den beiden Jüngsten der Truppe:
Nadya und Felix durchsuchten das Zimmer des jüngsten Hausherrn, fanden jedoch nichts von Bedeutung – abgesehen von einigen Kinderfotos, die ihn und seine Familie zeigten. Felix wurde stutzig, denn zwei der Kinder sahen sich zum Verwechseln ähnlich. Er entschied sich, Nadya vorerst nichts davon zu erzählen, und verließ mit ihr das Zimmer.

Ein, zwei Minuten später betraten die beiden das nächste Zimmer. Sie stockten, als sie die Tür öffneten. Der Raum wirkte wie eine Abstellkammer: kalt, staubig und voller Spinnen samt ihren Netzen. Es war das komplette Gegenteil des aufgeräumten und einladenden Zimmers, das sie gerade verlassen hatten.

Nadya und Felix tauschten skeptische Blicke aus. Es schien undenkbar, dass hier jemand leben könnte. Dennoch traten sie ein, entschlossen, auch diesen Raum zu durchsuchen. Felix ging direkt zur Kommode und begann, die Schubladen zu durchstöbern. Nach einigen Minuten entdeckte er ein altes Tagebuch. Er konnte nicht widerstehen und schlug es auf, um ein paar Seiten zu lesen.

Je tiefer er las, desto mehr entgleisten ihm die Gesichtszüge. Tränen stiegen ihm in die Augen, und er murmelte fassungslos:
»Wie konnte jemand so etwas einem Menschen antun?«
Sein Verstand arbeitete fieberhaft, während er das Gelesene zu begreifen versuchte. In Gedanken versunken, flüsterte er zu sich selbst:
»Kein Wunder, dass dieser junge Mann den Verstand verloren hat. Das erklärt alles. Kein Wunder, dass er so viele Menschen getötet hat.«

Felix war so in seine Überlegungen vertieft, dass er Nadya nicht bemerkte, die ihn mehrfach ansprach. Erst als sie ihn lauter rief, schreckte er auf und schaute sie an.

»Was ist denn, Nadya?«, fragte Felix sichtlich erstaunt. Nadya war auf Felix nicht lange sauer und sagte:
»Komm mal bitte kurz her.«
Felix ging zu Nadya und war ziemlich perplex über das, was sie ihm zeigte.
»Also doch!«
»Äh, was meinst du mit „also doch"?«
»Ach, Nadya, ich meine, also doch Zwillinge!«

»Na klar sind da Zwillinge. Und beide sehen Jonas zum Verwechseln ähnlich. Was noch irgendwie auffällt, sind die Namen der beiden. Einer von denen heißt Jonas-Richard und der andere Jake.

»Okay, das mit den Namen habe ich verstanden … Moment mal, der eine heißt ja genau wie ich mit Zweitnamen«, sagte er, während er mit dem linken Zeigefinger auf sich selbst zeigte und hinzufügte:

»Das bedeutet, dass der Irre Jake heißt und sein Bruder Jonas-Richard, richtig?«

»Japp, so sehe ich das auch. Das ist ja wohl der Hammer. Ich bin gespannt, wie die anderen darauf reagieren, wenn wir denen alles erzählen. Bevor ich es vergesse, was war eigentlich gerade mit dir los, Felix?«

»Ach, gar nichts. Es war nichts!«

»Ähäh!?«

»Ehrlich, da war nichts. Lass uns nach weiteren Hinweisen suchen. Ja!?«

»In Ausreden bist du nie verlegen, was Felix?«

»Nö! Ist trotzdem die Wahrheit.«

Die beiden sahen sich einen Moment lang an, bevor sie ohne ein Wort das Zimmer verließen. Felix blickte nachdenklich nach oben, als er plötzlich, wie aus dem Nichts, einen erschütternden Schrei ausstieß.

»Was war?«, fragte Nadya ihn. Felix stammelte:

»Wir waren gerade in einem Raum, in dem Abermillionen von Spinnen sind.«

Nadya zog misstrauisch eine Augenbraue nach oben und fragte spöttisch:

»Und deshalb quiekst du hier so herum?«

»Äh… mmmh«, kam als Antwort aus Felix' Mund.

»Du brüllst doch selber rum, wenn du zufällig eine Spinne siehst«, murmelte er mit gesenktem Kopf vor sich hin. Beschämt lief er weiter. Eine ganze Weile sprachen die beiden Freunde nicht miteinander. Als sie plötzlich Schritte hörten, fragte Nadya ängstlich und flüsternd zu Felix:

»Hast du das auch gehört?«
»Ja, habe ich!«
Die Schritte wurden immer lauter und schneller, bis sie schließlich direkt auf sie zukamen. Ein kaltes Gefühl der Angst ergriff die beiden. Nadya rannte einige Schritte vor Felix, blieb dann jedoch plötzlich stehen, drehte sich um und lehnte sich zitternd an ihn. Tränen stiegen ihr in die Augen. Felix war zuerst überrascht, doch dann fand er es rührend und zog sie behutsam in seine Arme. In diesem Moment erklang eine ruhige, leise Stimme: »Ihr braucht keine Angst zu haben. Ich tue euch nichts. Okay, ich gebe zu, es ist leichter gesagt als getan. Ihr kennt mich nicht. Aber ich weiß, was euch weiterhelfen kann.«

»Was weißt du denn? Und wer bist du überhaupt?«, fragte Felix die Person skeptisch, während er Nadya schützend hinter sich schob.

»Wer ich bin, das erfahrt ihr noch früh genug. Denn der, den ihr als Irren bezeichnet, sieht so aus wie euer Jonas. Er heißt mit bürgerlichen Namen „Jake von Vollmond". Also, passt gut auf, welchem Jonas ihr etwas anvertraut.«

»Du meinst, dass wir vielleicht den Irren im Wald getroffen haben und später mit ihm zu Abend aßen?!«

»Ja, das kann durchaus so gewesen sein. Jake kann sich gut verstellen und in einem Moment ist er wie ausgewechselt. So ähnlich wie bei Doktor Jekyll und Mister Hyde.«

»Au, das hört sich ja gar nicht gut an. Was sollen wir nach deiner Meinung jetzt machen?«

»Ich habe keine Ahnung! Passt einfach gut auf euch auf. Ich muss jetzt wieder gehen.«

Bevor die Person im Dunkeln verschwand, rief sie noch hinterher:
»Ciao, ihr zwei! «

Felix trat vor die Person, griff sie am rechten Arm und sagte mit etwas erhöhter Stimme:

»Bleib hier, du musst uns noch einiges erklären, und ich frage dich noch einmal: Wer bist du und woher weißt du das alles!?«

Die Person ließ sich überreden und fing an zu erzählen:
»Also gut, mein Name ist Oliver Schmidt. Jake und ich kennen uns schon seit dem Sandkasten. Er hat einen Zwillingsbruder namens Jonas-Richard. Ihm habe ich, als alles begann, geholfen, aus dem Schloss zu fliehen. Ihr müsst wissen, Jake war nicht immer so, er kam mit sechs Jahren auf ein merkwürdiges Internat. Als er vor fünf Jahren wieder zurück nach Hause kam, war er ein komplett anderer Mensch. Er hat nie erzählt, was dort vorgefallen war. Stattdessen fingen die Morde im Schloss an. So, jetzt muss ich aber wirklich gehen, wir werden uns bestimmt wiedersehen.«

Er stieß Felix von sich weg und rannte los.

Nadya war völlig aufgelöst. Erst als die Person verschwunden war, wurde sie wieder etwas aufmerksamer. Felix sah sie an und fragte:

»Was hältst du von der Person?«

»Wie bitte, was für eine Person?«, erwiderte Nadya noch sichtlich geschockt.

»Wo bist du nur mit deinen Gedanken?!« Felix schüttelte seinen Kopf hin und her.

»Ich habe keine Ahnung! Das einzige, was ich merkwürdig fand, ist … Moment, es war noch einer hier, außer uns beiden? Wieso hast du es nicht gleich gesagt, Felix?«

»Klar, was habe ich denn eben gesagt? Nadya!? Ach, meinst du, wir finden die anderen?«

»Ja, wenn wir beide zusammenhalten, werden wir unsere Freunde schon finden. Vertrau mir einfach!«

»Okay, ich vertraue dir. Nur zur Sicherheit gebe ich dir das hier.«

Felix nahm seinen Rosenkranz ab und hängte ihn Nadya um den Hals.

»Meinst du das im Ernst? Du gibst mir deinen Rosenkranz?!«

»Ja!«, sagte Felix verlegen.

Nadya war überglücklich, dass Felix ihr so etwas Persönliches anvertraute und küsste Felix auf die Wange. Felix wurde leicht rot im Gesicht und konnte daraufhin nichts mehr sagen, bis Nadya fortfuhr: »Komm, wir haben noch was vor, also los.« Sie hob selbstbewusst ihren rechten Arm, in dem ihre Faust zuvor geballt war, und streckte ihn siegessicher in die Luft. Ohne ein Wort miteinander zu wechseln, griffen sie sich an die Hand und setzten ihren Weg fort.

Derweil bei Jonas und Marco:
»Marco?«
»Mmh!«
»Du siehst ziemlich blass aus. Geht es noch oder sollen wir lieber eine Pause machen?«, fragte Jonas besorgt.
»Mach dir keine Sorgen, Jonas. Es geht noch«, fügte Marco mit einem Lächeln hinzu.
»Naja, überzeugend klingt das nicht gerade. Marco, du brauchst meinetwegen nicht zu lügen. Ich merke doch, dass es dir nicht gut geht.«
Jonas erhielt keine Antwort. Als er sich umdrehte, sah er, wie Marco schwankend auf den Beinen stand, vom Schmerz gezeichnet. Marco zuckte zusammen und fasste sich mit der rechten Hand an sein Herz. Vorsichtig ging Jonas zu ihm, ergriff seine Hand und blickte ihn mitfühlend an:
»Ich denke, es wäre besser, wenn wir eine Pause einlegen. Okay!?«
»Okay, Jonas! Ich glaube, dass du Recht hast. Lass uns eine Pause einlegen.«

Beide setzten sich auf den Boden, und Jonas versuchte, das Gespräch mit Marco am Laufen zu halten, um ihn davon abzuhalten, einzuschlafen. Er wusste, wie wichtig es war, Marco wach zu halten, besonders in diesem Zustand.
»Marco?«, fragte Jonas und blickte nach rechts zu seinem Freund.
»Ja!?«
»Kannst du dich noch an den letzten Gemeindeausflug erinnern?«

»Ja, sicher. Und weißt du noch?«, fragte Marco mit erschöpfter Stimme.

»Was meinst du genau?«, wollte Jonas wissen.

»Der Tag, an dem wir die Party hatten und du endlich mal das gesagt hast, was du wirklich denkst. Zugleich standest du zu deiner Meinung.«

»Ach ja, jetzt fällt es mir wieder ein. Es war der letzte Abend der Fahrt und Lars wollte einen Keil zwischen uns treiben. Und hat Lügen über uns erzählt.«

»Japp, Jonas! Du, Timmy, Patrick, Felix und ich sind ein richtiges Team geworden. Das Wichtigste ist aber, dass wir echte Freunde geworden sind.«

»Da hast du Recht, Marco. Irgendwie hat selbst dieser Urlaub etwas Gutes hervorgebracht. Wir konnten Kate und Nadya kennenlernen.«

»Oh ja, Jonas, das stimmt!«

Dabei schauten sie sich lächelnd an.

Währenddessen bei Patrick und Kate:

Der Kampf zwischen den beiden Freunden und der mysteriösen Gestalt tobte weiter. Obwohl Patrick und Kate tapfer kämpften, schien die Chance auf einen Sieg mit jedem Moment zu schwinden. Mit letzter Kraft sammelten sie sich für einen finalen Schlag. Doch es war vergeblich. Die mysteriöse Gestalt überwältigte sie schließlich, und beide mussten sich geschlagen geben.

»Jonas, Marco. Entschuldigt, wir haben es versucht. Doch ich konnte mein Versprechen nicht halten«, stammelte die völlig erschöpfte Kate vor sich hin, bevor sie bewusstlos zu Boden fiel. Patrick sprach ebenfalls völlig erschöpft zu sich selbst:

»Marco und Jonas, ich wollte sie ja beschützen. Ich habe aber auf ganzer Linie versagt.« Er sackte zu Boden. Die mysteriöse Gestalt lachte nur und erwiderte: »Pech gehabt! Ihr habt es ja so gewollt. Jonas und die anderen werdet ihr schon bald wiedersehen. Aber auf andere Weise, als ihr denkt. HAHAHA...«

Die mysteriöse Gestalt sprang in die Richtung, wo Kate und Patrick lagen. Sie zog ihr Messer und stach zu.

Währenddessen bei Felix und Nadya:
Felix und Nadya setzten ihre Durchsuchung der Privaträume der Familienangehörigen fort und stießen dabei auf eine Vielzahl von aufschlussreichen Entdeckungen. Die beiden konnten sich kaum zurückhalten und brachen schließlich in Gelächter aus, während sie gleichzeitig ein wenig Unfug trieben. Als sie das Zimmer von Kathrin von Vollmond betraten, stieß Nadya auf einen merkwürdigen Brief. Da er auf Englisch verfasst war, konnte sie ihn nicht entziffern, also reichte sie ihn an Felix weiter. Felix las den Brief aufmerksam durch und erzählte Nadya anschließend, was er darin gefunden hatte.

»Also, Nadya im Brief steht geschrieben...

Lieber Jake,
Ich und dein Vater wissen gar nicht so richtig, wie wir es schreiben sollen. Wir haben einen großen Fehler gemacht und wollen jetzt dazu stehen. Wir wissen, dass es dafür schon längst viel zu spät ist. Trotzdem wollen wir es versuchen. Es tut uns leid, dass wir dich in dieses Internat geschickt haben und dich wie ein Monster behandelt haben. Das musst du uns bitte glauben! Wir wissen auch, dass du so viele Jahre schrecklich leiden musstest. Das wiederum ist sehr schlimm für uns. Wahrscheinlich denkst du jetzt: Wieso seht ihr es erst jetzt nach über zehn Jahren ein? Wir hoffen, dass du so etwas nicht wirklich denkst. Obwohl es dein gutes Recht wäre. Wir wissen, dass es schwer ist, uns all das zu verzeihen. Wir wollten immer nur das Beste für unsere beiden Jungen. Bei dir haben wir allerdings in jeglicher Hinsicht versagt. Das wiederum bricht uns das Herz. In Liebe, deine Eltern Kathrin und Roland von Vollmond...

Mehr steht da nicht. Was hältst du davon?«

»Oh mein Gott! Wie konnten die Eltern das ihrem eigenen Sohn antun?«

»Gute Frage. Ich weiß es nicht. Es ist auf jeden Fall grausam. Kein Wunder, dass er so irre geworden ist. Trotzdem gibt es ihm nicht das Recht, Gott zu spielen und über Leben und Tod zu entscheiden.«

Als Felix seinen Satz beendet hatte, starrte er noch eine Weile auf den Brief in seiner Hand, völlig in seine Gedanken vertieft. So sehr, dass er nicht einmal bemerkte, dass Nadya bereits etwas zu ihm sagte.

»Du, Felix ...«

Nadya wartete einen Moment auf Felix' Antwort, doch als sie keine bekam, wiederholte sie seinen Namen und riss ihm den Brief aus der Hand. Felix blickte sie perplex an und sagte:

»Spinnst du, was sollte das?«

»Ich habe mit dir geredet und keine Antwort bekommen. Ich habe jetzt vergessen, was ich dir sagen wollte. Vielen herzlichen Dank auch!«

»Was kann ich dafür, wenn du es vergisst? Aber Moment mal ... «

»Was schaust du mich jetzt so komisch an, Felix? Du machst mir Angst, lass das!«, unterbrach Nadya ihn.

»Kann es sein, dass ... dass du mich magst?«

»Na klar, träum weiter, du Spinner.« Dabei gab Nadya Felix einen leichten Stoß auf die Stirn. Felix hielt sich die Stirn und konterte:

»Autsch! Nee, nicht ich spinne, sondern du. Das tat nämlich weh. Außerdem war es nur ein Scherz. Oder glaubst du im Ernst, dass ich was von so einer Zicke wie dir möchte!?«

»Tzz ... ! Eingebildet bist du wohl überhaupt nicht, was? Ob ich was von einem Trottel möchte, ist hier eine viel interessantere Frage.«

»Wenn du meinst. Lass uns das hinterher klären. Es gibt Wichtigeres, und zwar, wie wir hier wieder rauskommen, um unsere Freunde wiederzufinden. Okay, Nadya?«, sah Felix Nadya fragend an.

»Weiß ich selber. Also komm schon, Felix!«

Die beiden Freunde machten sich auf den Weg, um die anderen zu finden.

Währenddessen bei Jonas und Marco:

Marco lehnte sich erschöpft gegen Jonas' Schulter, atmete schwer und schlief schließlich ein. Jonas erschrak kurz und versuchte, Marco behutsam zu wecken. Erst nach etwa einer Dreiviertelstunde regte sich Marco wieder. Im Halbschlaf entschuldigte er sich bei Jonas dafür, dass er in seinen Augen egoistisch eingeschlafen war. Jonas antwortete mit ruhiger Stimme:

»Ist schon gut, Marco. Du warst nicht egoistisch. Ich hätte es wahrscheinlich genauso gemacht wie du. Also, Kopf hoch! Ich dachte im ersten Moment eher, dass du tot wärest. Außerdem ist es ja irgendwo meine Schuld, dass du jetzt so schwer verletzt bist.«

Er blickte Marco dabei besorgt an und fügte noch hinzu: »Sag einfach Bescheid, sobald du meinst, dass du weitergehen kannst.«

Marco nickte nur, schloss seine Augen und ließ sich von der wohltuenden Wärme, die Jonas ausstrahlte, einhüllen. Nach etwa zehn Minuten richtete Marco sich auf und half Jonas hoch. Zusammen setzten sie ihren Weg fort. Nach einer Weile lehnte sich Jonas an eine Wand, als sich diese plötzlich mit einem lauten Ruck öffnete. Zu ihrem Erstaunen fanden sich die beiden in einem merkwürdigen Raum wieder, der wie ein Atelier aussah. Sie versuchten erneut, den Geheimgang zu erreichen, doch diesmal ließ sich die Wand nicht mehr öffnen. Marco tastete die Wand ab, während Jonas zur Tür ging, die seltsamerweise verriegelt war. Es war klar, dass sie in einer Sackgasse steckten – sie kamen nicht mehr aus dem Raum heraus. Doch die beiden gaben nicht auf und begannen, den Raum nach Hinweisen zu durchsuchen.

Marco ging zur Leinwand und blätterte die dort hängenden Zeichnungen durch. Was er sah, ließ ihm das Blut in den Adern gefrieren. Es war eine Art Liste, auf der alle Schlossbewohner abgebildet waren – jedoch tot. Jeder Tote war mit einem „Erledigt"-Häkchen markiert. Jonas fand in der Zwischenzeit alte Zeitungsausschnitte, die von den mysteriösen Ereignissen rund um das Schloss berichteten. Er las einige Passagen laut vor. Je mehr sie entdeckten, desto blasser wurden ihre Gesichter.

Plötzlich näherten sich Schritte. Marco zog Jonas hinter einen großen Schrank und hielt ihm den Mund zu, als dieser etwas sagen wollte. Beide hielten den Atem an und beobachteten, wer den Raum betrat. Es war niemand anderes als die mysteriöse Gestalt selbst. Marco und Jonas begannen zu zittern und hofften, dass sie unentdeckt blieben, denn wenn die mysteriöse Gestalt sie fände, wäre das ihr Ende – sie hatten die Tür verriegelt, als er den Raum betreten hatte.

Vorsichtig beobachteten sie, was die mysteriöse Gestalt tat. Sie ging zur Leinwand und begann, darauf zu zeichnen. Es dauerte zwanzig bis dreißig Minuten, dann verließ sie den Raum. Langsam und leise krochen Jonas und Marco aus ihrem Versteck. Sie waren neugierig, was die mysteriöse Gestalt hinterlassen hatte. Als sie zur Leinwand gingen, weiteten sich ihre Augen vor Entsetzen, und ein kalter Schauer lief ihnen über den Rücken.

Die Zeichnungen zeigten tatsächlich die sieben Freunde – doch das Erschreckendste war, dass bei Timmy, Patrick und Kate jeweils ein „Erledigt"-Häkchen daneben war. Jonas konnte kaum glauben, was er sah. Tränen stiegen ihm in die Augen, und er schloss für einen Moment die Augen, um das Bild zu verdrängen. Leise murmelte er vor sich hin:

»Das ist alles meine Schuld. Ich hätte die beiden niemals gehen lassen dürfen.«

Marco meinte zu Jonas:

»Vielleicht hat das Häkchen auch etwas anderes zu bedeuten? Es muss nicht unbedingt heißen, dass Timmy, Patrick und Kate tot sind. Jonas, komm, wir müssen jetzt sehr stark sein.«

»Okay, Marco. Das weiß ich doch, dass wir stark sein müssen. Außerdem sind wir es den dreien schuldig. Wir sollten uns auch überlegen, wie wir hier wieder herauskommen. Die Zimmertür wurde von außen verschlossen und die Tür zum Geheimgang können wir von dieser Seite aus nicht öffnen.«

Marco lehnte sich müde gegen ein Regal, ohne zu merken, dass es nicht an der Wand befestigt war. Plötzlich kippte es um und fiel mit einem lauten Krachen zu Boden. Das Geräusch hallte durch das Gebäude, und die mysteriöse Gestalt, die gerade die Treppe hinuntersteigen wollte, hörte den Knall. Sofort wusste sie, dass jemand in ihrem Atelier war. Ihre Wut stieg, denn niemals hätte jemand dieses Zimmer betreten dürfen. Mit zornigem Blick ging sie schnellen Schrittes zum Raum und öffnete die Tür.

Währenddessen waren Nadya und Felix immer noch auf der Suche nach ihren Freunden.
Die beiden hatten bereits nahezu jeden Gang durchsucht, den sie finden konnten. Doch dann erinnerte sich Felix plötzlich an einen versteckten Zwischengang. Nadya sagte:
»Lass uns da mal nachschauen.«
»Ja, gehen wir schnell. Jede Minute zählt!«
Beide rannten los und setzten ihre Schritte zügig fort. Nach wenigen Minuten erreichten sie den Gang. Felix wollte gerade die Tür öffnen, als ihm plötzlich klar wurde, dass jemand auf der anderen Seite dieselbe Tür öffnete. Schnell zog er Nadya hinter sich und drückte sich mit ihr an die Wand, um sich zu verstecken. Sie verhielten sich vollkommen still und warteten, bis die unbekannte Person gegangen war. Als sie endlich dachten, dass die Gefahr vorüber war und sich bereit machten, den Gang zu betreten, spürte Felix plötzlich eine Hand auf seiner Schulter. Er wusste sofort, dass es nicht Nadya war, da sie vor ihm lief. Eine Stimme flüsterte in sein Ohr:
»Ich bin es, Oliver. Ihr müsst euch unbedingt beeilen. da ihr nicht mehr viel Zeit haben werdet, bis Jake Marco und Jonas umbringen wird.«
Felix erwiderte mit energischer Stimme:
»Zeig uns bitte den Weg zu Jonas und Marco!«
»Es tut mir leid, das kann ich nicht.«
»Wieso nicht?«, fragte Nadya etwas verwundert.
»Ja, wenn Jake merkt, dass ich euch helfe, wird er noch wütender, als er es eh schon ist.«

Felix erwiderte daraufhin:
»Weiß er denn, dass du hier bist?«
»Keine Ahnung, ich weiß es nicht. Ich muss wieder los. Seid nicht böse, versucht mich bitte zu verstehen. Um hier herauszukommen, müsst ihr einfach nur durch diesen Gang hier gehen. Also, ciao!«
Und schon war er verschwunden. Nadya sah Felix an und meinte:
»Was sollte das denn? Erst sagt er, wir müssen uns beeilen, sonst tötet der Irre Marco und Jonas. Und dann will er uns nicht helfen. Das finde ich schon sehr komisch. Glaubst du, dass er uns in eine Falle locken möchte?«
»Nein, das glaube ich nicht. Sonst hätte er es schon längst getan«, beruhigte Felix Nadya.
»Puh! Da bin ich ja erleichtert. Wir sollten uns jetzt lieber auf den Weg machen. Bevor wir wirklich zu spät kommen.«
»Japp! Du hast Recht.«
Die beiden führten das Gespräch im Gang weiter, während sie liefen.
»Moment mal, Nadya. Oliver sagte, dass dieser Irre schon bald Jonas und Marco getötet haben wird. Was ist mit Timmy, Patrick und Kate? Über die drei hat er nicht ein Wort verloren. Bedeutet das etwa, dass sie nicht mehr am Leben sind?«
»Ich habe keine Ahnung, Felix. Ich hoffe, dass sie noch am Leben sind.«

Zurück im Atelier:

Marco und Jonas erschraken, als sie hörten, wie jemand die Tür des Raumes öffnete. Die mysteriöse Gestalt trat ein, und als sie die beiden entdeckte, geriet sie völlig außer Kontrolle. Mit einem wilden Schlag zertrümmerte sie beinahe das gesamte Zimmer, während ihr Schwert durch die Luft sauste. Marco und Jonas, die sich ungefähr in der Mitte des Raumes aufhielten, waren von Angst ergriffen. Jonas warf einen schnellen Blick auf Marco und bemerkte, dass dieser am Arm getroffen worden war. Er schrie erschrocken auf. Die mysteriöse Gestalt drehte sich zu ihm und lachte höhnisch. Marco zuckte zusammen, da er noch nicht bemerkt hatte, dass er verletzt war. Überrascht, dass Jonas so aufgeschrien hatte, realisierte er erst jetzt die Schwere der Lage. Plötzlich sackte Marco zu Boden. Jonas rief verzweifelt nach ihm, flehte ihn an, wieder aufzustehen. Die mysteriöse Gestalt grinste nur und sagte mit einem höhnischen Lachen:

»Braunschopf, du solltest dich nicht überall einmischen, das hast du jetzt davon.« Während der Irre sprach, lief er auf Marco und Jonas zu. Anschließend stach er mit einem Messer zu und Marco in den Bauch. Marco schrie kurz auf, schubste Jonas zur Seite und schrie ihn an:

»Jonas, lauf so schnell du nur kannst. Versteck dich irgendwo im Schloss.«

Marco hatte gerade noch den Satz beendet, als die mysteriöse Gestalt erneut zuschlug. Marco gab keinen Laut mehr von sich. Anstatt sofort zu fliehen, wie Marco es ihm geraten hatte, blieb Jonas zitternd stehen. Tränen liefen über sein Gesicht. Grinsend stand die mysteriöse Gestalt auf und ging zu Jonas, der wie gelähmt in der gleichen Position verharrte. Plötzlich begann er verzweifelt nach Marco zu schreien. Die mysteriöse Gestalt war sichtlich überrascht und konnte kaum fassen, dass Jonas so lange schreien konnte. Nach drei Minuten verstummte Jonas jedoch, atmete schwer und starrte die mysteriöse Gestalt nur noch an.

Dann packte sie Jonas mit brutaler Kraft und drückte seinen Kopf gegen Marcos Bauchverletzung. Jonas versuchte verzweifelt, sich zu wehren, doch es war zwecklos. In diesem Moment spürte Jonas, dass Marco noch lebte. Doch als er genau lauschte, bemerkte er, dass kein Herzschlag mehr zu hören war. Die mysteriöse Gestalt presste weiterhin seinen Kopf in die Wunde und sprach dabei mit schneidender Stimme zu Jonas:

»Siehst du, mein Bruder? Siehst du es? Er musste deinetwegen sterben! Ha, Ha… Wie fühlt es sich an, ganz alleine zu sein und alle nacheinander zu verlieren, die man liebt? Doch keine Sorge, Jonas, ich lasse dich nicht mehr allzu lange leiden. Ich grüße nachher deinen Kumpel Felix, er ist nämlich als nächstes dran, Ha Ha Ha. Das wird ein Spaß. Zwar hatte ich vorgehabt, dass du das miterleben sollst, aber ich habe es mir doch anders überlegt. Ich werde dich hier bei diesem Typen töten. Hahaha«

Die mysteriöse Gestalt zog Jonas plötzlich mit ruckartiger Bewegung zu sich hin. Jonas, noch immer in Schock, öffnete vorsichtig die Augen und spürte sofort die eisige Umklammerung der Person. Er bemerkte das warme, klebrige Blut, das von Marcos Wunde an seiner linken Gesichtshälfte tropfte, während die mysteriöse Gestalt es genüsslich ableckte. Jonas konnte kaum fassen, was er sah und spürte, eine Welle aus Entsetzen überrollte ihn.

Die mysteriöse Gestalt hielt ihn fest und blickte ihm mit einem grausamen Lächeln in die Augen. Sie fragte:

»Was ist mit dir? Das wolltest du doch, dass alle ihr Leben für dich geben.«

Jonas versuchte, sich zu befreien und brüllte:

»Gar nicht wahr! Wie kannst du das behaupten, dass ich so etwas wollte? Du kennst mich gar nicht und hör endlich auf, mich Bruder zu nennen. Ich bin verdammt noch mal nicht dein Bruder. KAPIERT!?«

Kurz darauf bekam Jonas einen Schlag ins Gesicht, so heftig, dass er zu Boden stürzte. Die mysteriöse Gestalt zerrte ihn grob am Arm, packte ihn mit beiden Händen und zog ihn wieder auf die Beine. Mit wütenden, unkontrollierten Bewegungen schüttelte sie ihn hin und her, während sie ihn mit einer erschreckend lauten Stimme anbrüllte:

»Warum sagst du so etwas Gemeines, Jonas? Natürlich sind wir Brüder! Oder willst du mir etwa weißmachen, dass du deinen besten Kumpel mehr liebst als dein eigenes Fleisch und Blut?«

Jonas sagte kein Wort, hielt die Augen fest geschlossen und spürte, wie erneut eine Ohrfeige sein Gesicht traf. Doch diesmal ließ die mysteriöse Gestalt ihn nicht los. Stattdessen packte sie ihn mit beiden

Händen am Hals und drückte zu. Jonas' Atem wurde flacher, seine Gedanken verschwammen. Man konnte ihm ansehen, dass er nicht mehr lange durchhalten würde. Schließlich gab er auf und wehrte sich nicht mehr. In seinen letzten Gedanken flüsterte er leise vor sich hin:
»Du hast einfach gelogen, Kate. Du sagtest doch, dass wir sieben uns wieder sehen. Aber das war gelogen. Wir werden uns nie wieder sehen. Deshalb sage ich an dieser Stelle: Goodbye, Marco, Timmy, Patrick, Felix, Nadya und Kate, Goodbye! Felix, sorry, aber es geht nicht anders. Ich kann nicht mehr. Erst Timmy, dann Patrick und Kate und dann noch Marco. Ich kann einfach nicht mehr. Egal, wo du und Nadya jetzt seid, bleibt dort, dann werdet ihr gerettet. Vergiss uns nicht!«

Jonas konnte gerade noch seine Gedanken sammeln, bevor er in den Armen der mysteriösen Gestalt das Bewusstsein verlor. Mit einem grausamen Grinsen ließ die mysteriöse Gestalt Jonas zu Boden fallen. Während Jonas' Körper schwer auf dem Boden aufschlug, begann die mysteriöse Gestalt laut zu lachen. Jonas landete direkt auf Marco, und um die beiden bildete sich eine kleine Blutlache, die sich langsam ausbreitete.

»HaHa...« Der Irre lachte und sagte dabei:
»Das hast du jetzt davon. Jetzt habe ich meine Aufgabe erfüllt. Okay, mach dir keine Sorgen, deinen Felix werde ich mir auch noch holen und auch die kleine Süße. HaHa!«

Eine Stimme sagte:
»Von wegen! Du holst dir niemanden mehr. Hast du verstanden?!« und stach mit dem Schwert zu, das sich in seiner linken Hand befand. Die Person war erstaunt, dass einer so lange stehen bleiben konnte. Er stach erneut zu und sagte:
»Das hast du jetzt davon. Das hier ist für meinen Freund, du Mistkerl!«

Die mysteriöse Gestalt hielt sich plötzlich den Bauch und begann laut zu schreien, doch das schien sie nicht davon abzuhalten, weiter zuzuschlagen. Sie stach erneut zu, ohne zu zögern. Doch dann ertönte plötzlich eine andere Stimme, die laut und verzweifelt rief:

»Hör auf! Hör endlich auf!«

Die mysteriöse Gestalt ignorierte den Ruf und stach ein weiteres Mal zu. Da ertönte die Stimme erneut, dieses Mal fester, entschlossener:

»Hör bitte auf! Ich habe dir schließlich dein Leben gerettet. Also tue mir bitte den Gefallen und hör auf. Die mysteriöse Gestalt ist mein bester Freund.«

Als die Person den Satz beendet hatte, brach sie in Tränen aus. Die Tränen liefen über beide Wangen und tropften auf den Boden. Plötzlich stürmten Patrick und Kate in das Zimmer. Als Patrick Marco und Jonas in einer Blutlache sah, erstarrte er. Der Schock durchbrach seine Gedanken, und er konnte für einen Moment nichts mehr wahrnehmen, was um ihn herum geschah. Kate schrie verzweifelt:

»Timmy! Hör auf damit!« Aber Timmy hörte nicht auf, mit dem Schwert die mysteriöse Gestalt erneut zu verletzen. Kate sagte zu Patrick:

»Sag doch auch mal etwas oder willst du, dass die mysteriöse Gestalt stirbt?«

Patrick schwieg und starrte die ganze Zeit nur auf Marco und Jonas. Kate wusste, dass er in diesem Moment keine große Hilfe sein würde. Stattdessen wandte sie sich an die Person, die fast direkt vor Timmy und der mysteriösen Gestalt stand. Kate hatte bemerkt, dass diese weinte, und fragte sanft nach seinem Namen. Die Person antwortete:

»Ich heiße Oliver!«

»Oliver?«

Tränen strömten noch heftiger über sein Gesicht, und er flehte Kate verzweifelt an, ihm zu helfen. Kate versuchte erneut, Timmy davon zu überzeugen aufzuhören, doch egal, was sie sagte, ihre Worte schienen spurlos an ihm vorbeizugehen. Alles schien in das eine Ohr hinein und aus dem anderen wieder herauszugehen.

Nach einer Weile gab Kate frustriert auf und lief zu Marco und Jonas, um nachzusehen, ob sie noch am Leben waren. Als sie ihre Bewegungen bemerkte, atmete sie erleichtert auf – beide lebten noch. Voller

Hoffnung wandte sie sich wieder Timmy zu und startete einen weiteren Versuch, ihn zur Vernunft zu bringen.

Diesmal hörte Timmy tatsächlich zu, doch zu Kates Entsetzen verletzte er die mysteriöse Gestalt erneut. Die Gestalt verstummte und sank reglos zu Boden. Gerade, als Timmy ein weiteres Mal zustechen wollte, hallte plötzlich eine Stimme durch den Raum:

»TIMMY! Lass den Unsinn. Beruhige dich. Du hast doch gehört, dass Marco und Jonas noch am Leben sind.«

Doch Timmy wollte auch auf Felix nicht hören – bis Felix direkt auf ihn zuging und ihm eine schallende Ohrfeige verpasste. Vor Schreck ließ Timmy das Schwert endlich fallen. Alle atmeten erleichtert auf, dass Felix und Nadya heil aus dieser gefährlichen Situation herausgekommen waren.

Felix versuchte, den völlig aufgelösten Timmy zu beruhigen, während Nadya sich Patrick zuwandte, der noch immer mit großen, leeren Augen Marco und Jonas anstarrte. Doch auch Felix' Bemühungen, Timmy zu besänftigen, blieben erfolglos. Schließlich bat er Nadya, es zu versuchen. Nadya ließ Patrick kurz alleine und ging zu Felix und Timmy hinüber.

Währenddessen bemühte sich Kate, den verstörten Oliver zu beruhigen, und Felix machte sich auf den Weg zu Patrick, um nach ihm zu sehen.

Bei Timmy angekommen, nahm Nadya den zitternden Jungen sanft in ihre Arme. Sie hielt ihn fest, während er seinen Kopf auf ihre Schulter sinken ließ und schließlich in Tränen ausbrach. Von der Situation überwältigt, begann auch Nadya zu weinen. Mit erstickter Stimme sagte sie:

»Jetzt ist der Albtraum endlich vorbei, Timmy! Wir können alle nach Hause gehen.«

Kaum hatte Nadya ihre Worte beendet, stand die mysteriöse Gestalt plötzlich auf. Mit schweren, unsicheren Schritten bewegte sie sich auf Felix zu. Timmy, Nadya, Kate und Oliver erstarrten vor Schreck, doch Felix blieb erstaunlich ruhig. Ohne Zögern ging er der maskierten Gestalt entgegen.

Trotz allem, was geschehen war – den Angriffen auf seine besten Freunde und den Tod aller Schlossbewohner – empfand Felix tiefes Mitleid für die Person vor ihm. Und er sprach ihren bürgerlichen Namen aus, als ob er die Maske ignorieren wollte: Jake von Vollmond.

Jake schien für einen kurzen Moment glücklich, trotz der Tränen, die ihm über das Gesicht liefen. Er hob langsam die linke Hand und strich mit einer sanften Bewegung über Felix' rechte Wange. Dabei kam er ihm vorsichtig näher, Schritt für Schritt.

Die anderen blieben wie gelähmt stehen, unfähig, auch nur ein Wort zu sagen. Die Szene war so surreal, dass keiner wusste, wie er reagieren sollte. Doch Nadya begriff, warum Felix so gelassen blieb – sie spürte, dass er Jake verstand.

Schließlich lehnte Jake sich leicht an Felix, Tränen in den Augen, und flüsterte mit brüchiger Stimme:

»Dankeschön!! Ist der Albtraum jetzt wirklich vorbei?« Danach schloss er seine Augen. Felix gab als Antwort:
»Ja, Jake! Der Albtraum, den du seit 25 Jahren mitgemacht hast, ist endgültig vorbei.«
Beide lächelten sich gegenseitig an.
»DANKE, Felix!«
Anschließend fiel Jake zu Boden. Mit letzter Kraft wandte er sich Jonas zu, nahm seine Hand und sagte mit erschöpfter Stimme:

»Es tut mir alles so leid, was ich dir und all den anderen Menschen angetan habe. Bitte verzeih mir, kleiner Bruder!« Mit diesen Worten schlief er langsam, aber sicher ein. Felix bückte sich, um nachzusehen, ob er tot war. Tränen rannen über Felix' Wangen, während er für einen Moment die Augen schloss – nur ein, zwei Sekunden, um die Flut seiner Gefühle zu ordnen. Als er sie wieder öffnete, sah er Nadya, die ihn mit sorgenvoller Stimme fragte:

»Ich wünsche ihm von ganzem Herzen, dass er und all die anderen Schlossbewohner jetzt ihren Frieden finden.«

Alle senkten ihre Köpfe und schlossen für einen Moment die Augen. Die Last der Ereignisse lag schwer auf ihnen. Timmy, der immer noch leise weinte, murmelte eine zitternde Entschuldigung in Jakes Richtung. Die Worte schienen in der Stille zu verhallen, doch ihre Bedeutung war klar.

Minutenlang blieb es vollkommen ruhig, nur das leise Schluchzen von Timmy durchbrach die Stille. Schließlich erklang eine ruhige, erschöpfte Stimme, die den Moment durchdrang und die Aufmerksamkeit aller auf sich zog:

»Ey, Freunde, was ist geschehen, und wieso seid ihr so still? Was ist mit Marco?«

Timmy, Felix, Nadya, Kate, Patrick und Oliver öffneten ihre Augen und riefen im Chor:

»Jonas!«

Kate begann zu weinen, doch diesmal waren es Tränen der Freude. Felix konnte seine Gefühle ebenfalls nicht zurückhalten und fiel seinem besten Freund in die Arme. Patrick, Timmy und Nadya sahen einander an, bemüht, ihre Tränen zu unterdrücken – jedoch vergeblich. Auch Jonas hielt es nicht mehr aus. Er zog Felix in eine feste Umarmung und weinte mit ihm. Mit erstickter Stimme fragte er Kate erneut, was mit Marco sei.

Kate wischte sich ihre Tränen weg, versuchte, ihn zu beruhigen, und sagte:

»Keine Angst, Jonas! Marco schläft nur.«

Jonas nickte stumm und hielt Felix lange fest, als wollte er ihn nie wieder loslassen. Währenddessen erhoben sich Nadya, Patrick und Timmy langsam und gingen zu Jonas und den anderen dreien hinüber, ihre Schritte zögerlich, doch entschlossen.

Oliver hingegen bewegte sich vorsichtig auf Jake zu. Er kniete sich neben ihn und beugte sich behutsam hinunter, um ihm näher zu sein:

»Es tut mir leid, Jake. Ich hätte für dich da sein müssen. Aber du hast dich schlagartig so verändert. Ich wünschte, ich hätte es aus eigener Kraft geschafft, und erfahren, was mit dir passiert ist. Wieso du so geworden bist. Glaub mir, deinen Eltern tut es genauso leid wie mir. Ich hoffe für dich, dass du deinen Frieden findest. Lebe wohl, mein Freund!«

Danach fischte er seine Tränen weg und ging auf Felix und seine Freunde zu. Bei ihnen angekommen, sagte Nadya mitfühlend:

»Kopf hoch, Oliver! Okay, es ist schwer, aber ich fühle mit dir. Und da bin ich sicherlich nicht die einzige. Wenn es dich tröstet, du kannst auch mit uns nach Deutschland kommen, wenn du magst.«

Oliver sah sie nur an und lächelte. Der Regen hörte auf und die Sonne kündigte den Morgen an.

Nach einigen Tagen im städtischen Krankenhaus konnten alle, abgesehen von Marco, der weiterhin auf der Intensivstation lag, das Krankenhaus endlich verlassen. Stunden später fand bereits die Beerdigung des Hausherrn, Jake von Vollmond, sowie die der anderen Schlossbewohner statt. Sie wurde auf dem eigenen Friedhof hinter dem Schloss abgehalten. Oliver, Felix und seine Freunde waren ebenfalls anwesend.

Auf den Grabsteinen stand geschrieben:

Mögen alle hier in Frieden ruhen!
Außer bei Jake, da stand geschrieben:
Trotz allem, was geschehen ist. Auch deine Seele soll ihren ewigen Frieden finden.
Nachdem alle außer Felix, Nadya, Jonas, Patrick, Kate, Timmy und Oliver gegangen waren, fügte Felix mit trauriger Stimme hinzu:
»Wir wünschen dir, Jake, dass du in deinem nächsten Leben auch Liebe erfährst und nicht nur Hass. Goodbye, Jake!«

Als die sechs Freunde gerade das Gelände verlassen wollten, sagte Oliver:

»Ich danke euch für alles. Auch wenn ich heute meinen besten Freund verloren habe, habe ich was gewonnen und etwas dazugelernt. Ich werde sicherlich meine Zeit brauchen, um die Situation hier zu verarbeiten. Grüßt mir euren Kumpel Marco, wenn ihr euch gleich auf den Weg macht.«

»Wie jetzt? Ich dachte, du wolltest mitkommen, um Marco im Krankenhaus zu besuchen? Was ist Oliver?«, fragte Felix.

»Sei mir bitte nicht böse, aber ich bleibe hier im Schloss. Ich gehöre hierher. Hier bin ich zu Hause. Ich bin euch sehr dankbar und froh darüber, dass ich euch kennenlernen konnte und euer Freund werden durfte. Allerdings, wie schon gesagt: Ich gehöre hierher.«

Kate ging zu Oliver, legte ihre rechte Hand auf seine linke Schulter und meinte mit einem Lächeln im Gesicht:

»Also, ich kann dich irgendwo verstehen. Klar grüßen wir Marco von dir.«

»Natürlich sind wir Freunde. Und daran wird sich auch nichts ändern«, unterbrach Nadya Kate.

»Vielen Dank, euch Zweien. Jetzt geht, sonst wartet Marco so lange auf euch«, gab Oliver zurück.

»Bis bald, Oliver!«, sagte Felix

»Ja, Felix, bis bald!«, erwiderte Oliver. Kurz darauf verabschiedeten sich die sechs Freunde von Oliver und machten sich auf den Weg ins Krankenhaus, wo Marco bereits auf sie wartete.

Vier Wochen später waren alle sieben wieder in Deutschland. Sie versuchten, die dramatischen Ereignisse hinter sich zu lassen und ihr gewohntes Leben fortzusetzen. Während ihrer Zeit im Schloss hatten sie sich jedoch nicht nur näher kennengelernt, sondern waren zu engen Freunden geworden. Nadya und Kate zogen in die Stadt, in der die fünf Jungs lebten, und zwischen Felix und Nadya entstand eine liebevolle Beziehung.

Eines jedoch würden Marco, Timmy, Patrick, Jonas, Felix, Nadya und Kate für immer in ihren Herzen tragen: Das Leben ist viel zu kostbar, um es zu verschwenden. Es kann sich in einem Augenblick ändern, und von einer Sekunde auf die andere kann alles vorbei sein. Sie lernten, ihre Mitmenschen zu schätzen und zu respektieren, und wussten nun, dass sie sich immer aufeinander verlassen konnten – egal, wie ausweglos die Situation auch sein mochte

Ende

An dieser Stelle sagen wir, SAMandLEE mit einem Lächeln:
»Goodbye, bis zum nächsten Mal!«